けものよろず診療 お助け録

澤見彰

ポプラ文庫

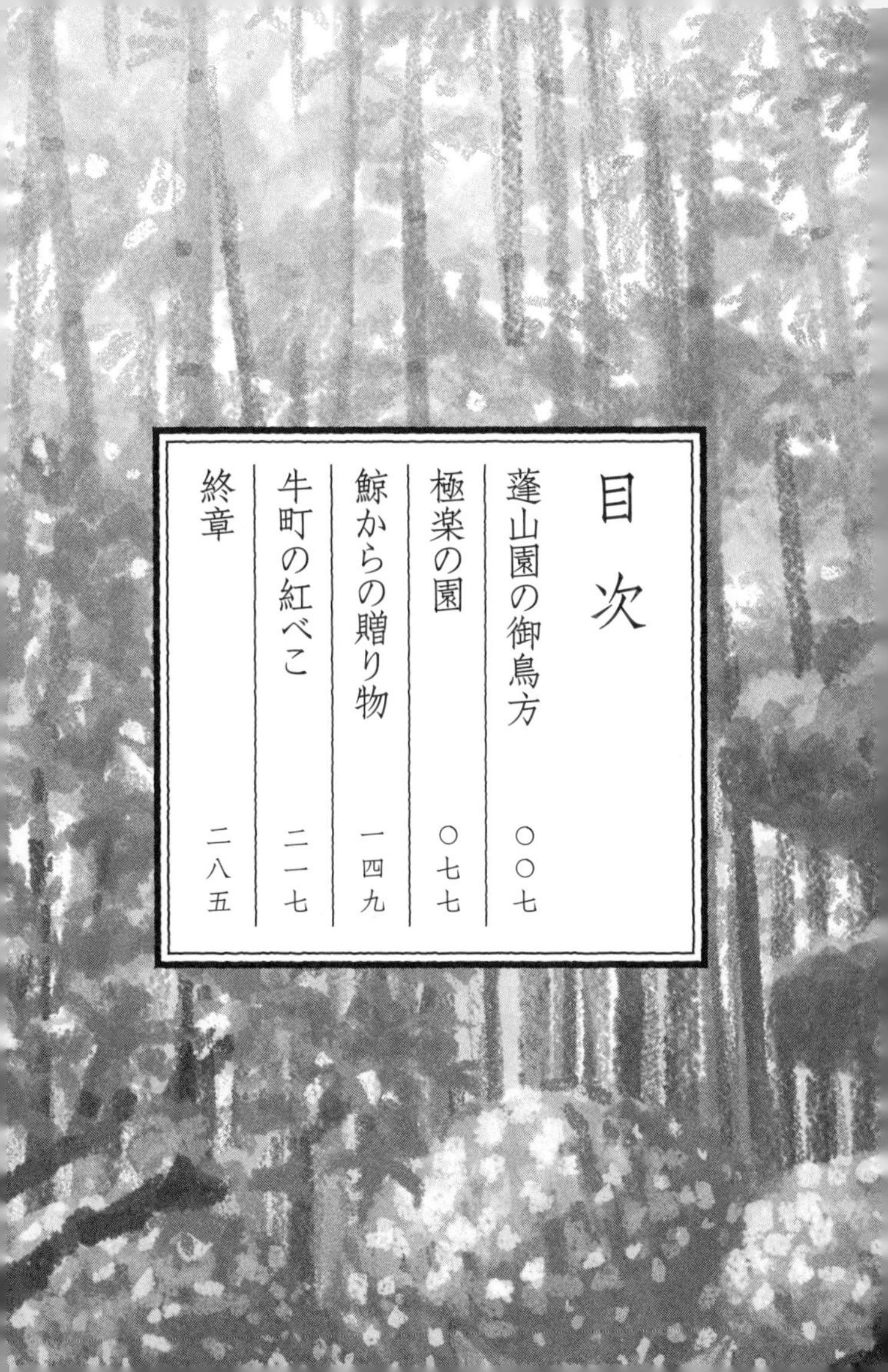

目次

澤見彰
けものよろず診療お助け録《けものよろずしんりょうおたすけろく》

蓬山園の御鳥方

ほうざんえんの
おとりかた

「亥乃《いの》ちゃん、こいつはだめだ」

医者は重々しくのたまった。

高輪《たかなわ》界隈でも評判の名医が言うのだ。亥乃はおもわず息を呑む。

「だめって、もう危ないってことですか？」

「いやそうではなくて」

「手遅れなんですか？　そうなんですね？　先生」

患者に付きそっていた亥乃は、いまにも泣き出しそうである。

対する医者は、重々しくかぶりを振った。

「いやいや、だから違うよ。そうじゃない」

「ではなんだっていうんですか。先生も名医なら、はっきりとおっしゃってください」

「じゃあ言うよ」

「は、はい」

「あのねぇ、困るんだよねぇ。人以外のものを診察に連れてこられても」

「あっ……」

言われて、涙を引っ込めた亥乃は「やっぱりそうですか?」と肩をすくめた。膝枕の上には、薩摩芋大《さつまいも》くらいの小さな獣がうずくまっている。

薩摩芋色をしていて、二本の長い耳を持ち、まん丸い体をした、それは兎だった。

亥乃は、人間専門の町医者のところに、飼い兎を連れてきていたのだ。


文政《ぶんせい》年間、江戸の春。

品川浦《しながわうら》にほど近い高輪界隈には、春だというのに、ひんやりとした海風が吹きつけていた。花の蕾もほころびはじめ、日も長くなってきたのだが、春先というのは、ときおり寒の戻りがやってくる。暖かくなったと思った矢先にぶりかえす寒さが、人間にもつらいのだから、兎には余計に堪えるだろう。

花冷えのなか、腕のなかで丸まっている兎を眺めながら、亥乃はため息をついた。

「ほんとうに困ったなぁ」

人を診《み》る名医に匙《さじ》を投げられてしまって、さて、これからどうしようかと考え込む。

「名医にも診立《みた》てができないんだから、あたしなんかが手当てできるはずもないし。これからどうしよう。三津屋《みつや》にも無理を言って休ませてもらっているけど、いつまでも、甘えるわけにもいかないし」

飼い兎の体調不良には、正直、亥乃も途方に暮れていた。

名医でさえわからないのだから、亥乃にだってなにをしてやればいいのかわからない。人間であれば額を冷やしてやるとか、食欲がなければ粥を作るとか、腹が痛ければ温めてやることもできるが、兎はどこが苦しくて、なにを欲しているのか訴えることなどできないのだ。ただ体を温めてやり、背中をさすってあげること以外、なすすべがない。

「ごめんね、お芋。ご飯が食べられないってことは、きっと苦しいんだよね。どこか痛いんだよね。でも、あたしには、なにをしてあげれば楽にしてやれるのか、さっぱりわからないよ」

薩摩芋色をしている飼い兎の名を呼びながら、亥乃は哀しげに顔をゆがめた。

お芋、というのは、大きさも毛色も薩摩芋みたいなのでつけた名だ。まさに見たまんまである。飼いはじめたのは半年前、面倒を見られなくなったと知り合いから譲られた。雌《めす》だというが、譲られた頃には成熟していたので、亥乃が思っているより、よほど高齢なのかもしれない。だから余計に心配は募るのだが。

亥乃は三年前に母を亡くして以来、すこし寂しい思いをして暮らしてきた。たとえ体よく押しつけられたのだとしても、お芋の愛くるしさに幾度も励まされてきたのだ。

そんなお芋が、いまは痛いとも苦しいとも言えず、うずくまっている。そのさまを見るのがつらかった。

お芋もまた、母とおなじくあの世へ旅立ってしまうのか。考えるだけで、おもわず嗚咽《おえつ》がこみあげてきた。

「お芋……」

おもわず立ち止まった、そのときだ。

亥乃のかたわらを、背後からひとりの男がいきおいよく駆け抜けていった。行き過ぎるときに、肩と肩とがぶつかり、男はあわてながらもいったん立ち止まり、ぼそぼそと小さな声で詫びを言う。

「こ、これは失敬を」

「いえ、こちらこそ……」

こたえた直後、亥乃が絶句したのは、ぶつかってきた男の身なりを見たからだ。

男は白い筒袖と袴姿だったのだが、川か溝に落ちたのか、あるいは泥道で転んだのか、白い袴の膝から下が泥まみれだった。それだけではなく、額からは汗が流れ、髪の毛も乱れほうだいで、よほどあわてているふうだ。

ぶつかられたほうの亥乃が、かえって相手のことが心配になったほどである。

「あの、大丈夫ですか？」

「いえいえ、こちらこそぶつかってしまい申し訳なく。痛めたところはありませんか、あ、泥がついちゃったかな、あ、あ、ごめんなさいごめんなさい」

「あたしはなんともありません。それよりも、ひどい恰好。どうかなさいました？」

「いやべつに、人さまに話すようなことではありません」

気遣う亥乃に対し、相手は忙《せわ》しなく返してくる。そっけないというよりは、あがっていて、ろくに亥乃と目も合わせないのだ。

戸惑う亥乃の前で、男はなおもつづけた。

「い、いまは急いでいてなにもお詫びができないのですが、もしなにかあれば藩邸にお立ち寄りください。比野《ひの》勘八《かんぱち》といえばわかりますから」

「藩邸？」

言われてみると、泥まみれの男は、刀を差しているから武士ではあるようだ。どこかの大名の藩士だろうか。二十歳をすこし過ぎたくらいで、つぶらな目をしていて、やさしそうな面立ちだが、あがり症でもあるらしかった。

その若者が、「ではわたしはこれで」と早口で言って立ち去ろうとしたとき、ふと亥乃が胸に抱いているモノに目をとめた。

「あれ、この子は……」

「え？」

亥乃が首をかしげるあいだに、あわてふためいていた若者は急に真顔になり、いきなり手を伸ばしてきた。亥乃は、自分の手が握られるのかと身構えたが、そんなことはなく、若者はお芋の長い耳にやさしく触れたのだ。

「この子、耳がつめたい。元気がないですね」

「えっ？　はい、お芋のことですか？　そうなんです、数日前からほとんどご飯を食べなくなって」

戸惑いぎみに亥乃が応じると、若者は顔色を曇《くも》らせた。

「数日前って、はっきりと何日前ですか？　大事なことなので教えてください」

「二日前……でしょうか」

「間違いなく？」

「待ってください。ええと、たしか」

目すら合わせなかった挙動不審ぶりから一転、ふいに凛々《りり》しくなった若者に目を奪われていた亥乃は、我に返り、あわてて思考をめぐらせた。

「一日と、半日前から、ご飯をほとんど食べなくなりました。急にです。その日の朝までは菜っ葉を食べていたんですが、昼過ぎからぱったりと受け付けなくなりました」

「いけませんね、そのくらい飲まず食わずだと、衰弱して死んでしまう」

若者はおもむろに、亥乃の手からお芋を抱き上げた。

不審なことこの上ないのだが、このとき亥乃は、若者にすっかり圧倒されていた。

いっぽう、事情があって急いでいたはずの若者は、ときおり背後を気にしつつも、お芋の腹のあたりを手でさぐりはじめる。

「ふむ、腹のなかになにも入っていないが、腸は動いている。毛が詰まっているわけではないか」

「毛が詰まる？」

「獣は、自らの体を毛づくろいするので、舐めた毛が腸に詰まることがあるのですよ。猫も、そうならないために時々毛を吐いているでしょう」

「あ、はい、たしかに」

「ただし兎は呑み込んだものを吐き出すことができないのです。体の作りが、そうなってしまっているのでしょう。だから毛詰まりを起こすと、排泄《はいせつ》を待つしかないのですが」

男の手が、お芋の腹から、下半身にうつる。

「排泄ができないと、食欲も戻らず、衰弱してしまうんです。うん、なるほど、これが原因だな」

お芋の股を遠慮なくまさぐっていた男が、厳しい表情を崩し、白い歯をみせてほほえんだ。男は童顔だし精悍《せいかん》な男前でもないが、やさしげなほほえみに、亥乃は見惚れてしまった。ただし、つぎのひと言が亥乃を困惑させる。

「これは糞詰まりですね」

「糞⁉」

「はい。この子の肛門に糞が固まって詰まっているのです。兎にはよくあります。腹の調子がすこし悪いと、いつもは丸くて硬い糞が、すこし軟らかくなり、肛門にこびりつき、それが固まって肛門を塞《ふさ》いでしまう。つまり糞詰まりです。そのせいで腹が苦しく、飯を食わなくなったのでしょう。いいですか、家に帰ったらぬるま湯で肛門をほぐし、詰まった糞をふやかして取り除いてあげてください。おそらくはそれで食欲が戻り快方に向かいますよ」

「ほんとうですか？」

「えぇ、きっと。もし体調が戻らないようでしたら藩邸においでください。今日のところは、わたしは急ぐので失敬」

亥乃が問い返しているあいだにも、若者は亥乃の手にお芋を戻し、数歩先の横辻へ曲がっていってしまう。

「お待ちください比野さま、藩邸といっても、どこの藩邸にお伺いすれば？」

そう、若者は、自ら「比野勘八」と名乗ったものの、どこの藩士なのかは言っていない。ふたたび会いたいときに、どこの藩の比野勘八かわからないのでは、行きようがないではないか。

だが若者は、亥乃の呼びかけにこたえることなく立ち去ってしまう。忙しない足音だけが、辻の先へ遠ざかっていってしまった。

取り残された亥乃は、あきれかえった声をあげる。

「いったい何者なの。妙な、お方」

妙な若者だったが、お芋の不調の原因をすぐに見抜いたことは、ただものとも思えなかった。

お芋を抱えなおし、ぼんやりと突っ立っていると、またもや背後から足音が聞こえてきた。ただし今度は複数で、やかましい声をあげている。

「おうおう、野郎め、どこへ行きやがった」

「脱兎のごとく、逃げ足のはやい野郎だ」

我に返り、亥乃は、足音のほうを振り返った。

「あっ」と声をあげる。そこに見知った顔があったからだ。

「おとっつぁん？」

そうなのである。野太い声をあげつつ、仲間ふたりを引き連れて走り込んできたのは、高輪界隈の臨時廻り同心であり、亥乃の父親でもある、新川《しんかわ》弥《や》五《ご》郎《ろう》だ。四十五歳の男盛り、痩せていて小柄ではあるが、鋭い目つきと背筋の通った姿勢が貫禄《かんろく》をうかがわせる。

亥乃は父に向かってあわてて問いかけた。

「こんなところでどうしたの、おとっつぁん？」

「亥乃か？」

弥五郎のほうも娘のことに気づいたらしく、手下数人を先に走らせ、自らはゆっくりと亥乃のほうに歩み寄ってくる。

「亥乃、おめぇこそこんなところでなにをしてやがる。いま時分は三津屋で手伝いをしている最中じゃあねぇのかい」

「今日はお休みをもらったの」

「兎のためにってか？」

じろり、と剣呑《けんのん》な目つきで、娘が抱いている薩摩芋みたいな老兎を見下ろした。

「そんな老いた兎のために、大事なおつとめを休むとは、ばちがあたるぞ」

手下である岡っ引きたちの手前、貫禄をみせたいがゆえの言葉であろうが、亥乃はさすがにむっと眉をしかめた。

「そんな言い方ってないんじゃない？　おとっつぁん」

「なんだと？」

「おとっつぁんが体を壊したとき、ほうっておけって言われて嬉しいの？」

「おいおい……おれの体と兎なんかの体を、おなじに天秤にかけるってのか？」

「兎なんかっていう言い方、気に入らない。人も兎もおなじ命じゃないの」

さすがは同心の娘というかなんというか。

弥五郎の背後にいる岡っ引きたちも、弥五郎自身も、おもわずのけぞるほどの、亥乃の貫禄だ。一見、小柄で可憐でかわいらしい娘であるのに、いったん火がつくと燃え盛る。亥乃という名だからではないだろうが、猪のごとく一本気で、猪突ぎみな一面があった。

「わかった、わかった。おれが言い過ぎた」

このまま話をつづけてもこじれるだけと悟った弥五郎が、咳払いをしつつ、話題をすり替える。

「兎のことはまたゆっくり話すとしてだ。ところで亥乃、いましがた、このあたりを白衣の男が通らなかったか」

「通ったわよ。比野勘八さまね?」

「そいつは名乗ったのか?」

ついいきおいでこたえてしまい、亥乃は「あっ」と口を閉ざした。白衣の男とは、さきほどお芋の体調を診立ててくれた若者――比野勘八のことだろう。泥だらけで、ずいぶんあわてていたようだが、父親が追っていたせいだったらしい。同心に追われるからには、素性がよくないということなのか。

「あまり悪い人には見えなかったけど。お芋にもやさしくしてくれたし」

小さな獣に親切な男が、悪者とも思えない。亥乃は内心思ったが、弥五郎のほうは違うらしかった。険しい顔でさらに問いかけてくる。

「そうだ、比野勘八だ。間違いない」

「あの方がなにをしたの？」

「男の風上にもおけねぇ野郎とだけ言っておこう。それ以上は知る必要はない。で、そいつはどっちへ逃げていった？」

「えっと、それは」

「正直に言え。嘘をつきやがったら、娘といえどただじゃおかねぇぞ」

父親から同心の顔に戻った弥五郎の表情は、切れ味鋭い刃のようだ。とても嘘がつける雰囲気ではない。亥乃は観念して、若者が、ひとつ先の辻を右に曲がったことを告げた。

「よし」と弥五郎はうなずきながら岡っ引きたちを引き連れ歩き出す。

「おめぇはさっさと家に帰って兎の看病でもしてやれ。あと、三津屋へはあまり迷惑をかけるな。あの店には、おめぇのおっかさんのときから世話になってるんだからな」

「わかったけど。ねぇ、おとっつぁん、あたしには、比野さまという方は、それほど悪人には見えなかったのだけど……ちょっと聞いてる？」

娘の言葉には耳を貸さず、臨時廻り同心新川弥五郎は、「比野勘八を追え！」と声をあげ、先の辻を曲がって走り去ってしまったのだった。


獣の診察をしてくれた白衣の男こと比野勘八と、それを追っていった父親のことを気にしつつも、居候先の船宿三津屋に帰った亥乃は、さっそく教えられた通り、お芋の尻をぬるま湯でふやかし、詰まっているという糞を取り除いてやることにした。苦しくてものも言えぬ小さな獣が哀れで、素手でやさしく拭いてやる。すると、ふやけた糞が吐き出され、やがて平常の丸い糞も出はじめる。尻を拭いてしばらくそっとしておいてやると、丸まっていたお芋はゆっくりと動き出し、亥乃が与えた水を飲み、菜っ葉も食べはじめた。ひとまず窮地は脱したようだ。

「よかったぁ、よかったね、お芋。あの人の言うことは間違いじゃなかったね」

亥乃が声をかけてやると、お芋は、先刻までの苦しげな様子はどこへやら、菜を食べる口を忙しく動かしている。

おかしくなって亥乃が笑っていると、宿のあるじ夫婦がいるとなりの居間から、

「亥乃ちゃん、ちょっとおいで」という呼びかけが聞こえてくる。お芋の頭をひと撫でしてから立ち上がった亥乃は、引き戸をあけて廊下に出た。船宿三津屋は二階建てで、一階が主人夫婦と亥乃の部屋の二間となっており、二階に客を上げる六畳間がある。

狭い廊下を隔てた居間に顔を出すと、そこには船宿のあるじ善三《ぜんぞう》とおひさ夫婦のほかに、父親の弥五郎がいた。

「おとっつぁん」

「おう、昼間は騒がせたな」

けっきょくあの後も捜索がつづいたのだろう。弥五郎の目の下には、疲れのためか隈《くま》ができていた。それでも娘のことが気になって、三津屋を訪ねてきたらしい。役目のときは荒々しくぶっきらぼうだが、ほんとうはやさしい人なのだ。

いまは離れ離れに暮らしていても、亥乃は父のことをよくわかっていた。

亥乃は十六歳になる。三年前、十三のときに母親を亡くして以来、父とは別に暮らすようになった。

弥五郎は、補佐とはいえ江戸中を巡回する町方同心であり、八丁《はっちょう》堀《ぼり》の組屋敷で起居することが多い。つねに留守がちだから、娘をひとり住まいさせるよりは、知り合いの家に居させるほうが安心なのだろう。

目黒川《めぐろがわ》沿いにある「三津屋」は、亥乃の亡き母が生前つとめていた船宿でもあった。

この船宿は、同心や岡っ引きたちのたまり場でもあるし、ここにいれば多忙な父親とも時々会うことができる。また、店主夫婦とは付き合いも古く、気兼ねもない。家賃が要らない代わりに、たまに船宿の手伝いをして、わずかばかりの生計も得ることができた。

生前の母親も、役目柄忙しい父親を助けるため、苦しい家計をやりくりするため、また父親が使役する岡っ引きに小遣いをやりたいからと、三津屋に手伝いに来ていたのだ。

母子二代で世話になっている三津屋の老夫婦は、自分たちの子がいないこともあって、亥乃のことを孫のようにかわいがってくれる。

亥乃は、そんな老夫婦に頭を下げた。

「善三さん、おひささん、今日はお手伝いができなくて、あいすいませんでした」

「いいんだよ。手が空いたときや、ちょっと忙しいときに、手伝ってくれれば。それよりも、おとっつぁんとは久し振りなんだろう。ゆっくりお話ししな」

おひさがそういって促してくれたので、父親と向かい合いに座り、亥乃はあらためて尋ねた。

「今日はお疲れさま。それで、おとっつぁんが追っていた人はどうなったの？」

「だめだな、ありゃあ」

「だめって？」

「一日中追いかけ回したが、捕まえることはできなかった。あいつぁ島津《しまづ》さまのご家中で、藩邸のなかに入ってしまえば、手も足も出やしねぇ」

「そう、あの方、薩摩藩の方だったの。逃げ切ったのね」

「逃げ切ったほうがよかったって物言いだな？」

「いえ、べつに、そんなんじゃないけど」

亥乃があわててかぶりを振ると、「まぁいいが」と弥五郎は、男を追っていったあとのことを説明してくれる。

事の顛末《てんまつ》はこうだ。

弥五郎が追っていた男の名は、自らが名乗った通り比野勘八、江戸詰めの薩摩藩士だという。三津屋からもさほど離れていない、薩摩高輪屋敷に滞在しているらしい。

比野勘八は、高輪屋敷――いわゆる下屋敷にまんまと逃げ込み、あとから同心たちが駆けつけても、門番に追い返されてしまったというのだ。

「屋敷に入られちまったら、しょっぴくのは難しいな。各藩の屋敷内は、江戸であって江戸にあらずだ。またぞろあいつが町に出てくるのを待つしかねぇわけだが」

「あの方がいったいなにをしたっていうの？　男の風上にもおけないとか言っていたけど」

父親に茶を淹れながら、亥乃はつぎのこたえを待つ。

弥五郎は「聞いておどろけ」と、にくにくしげに舌打ちした。

「その通り。あいつはな、かよわい女を騙して金をせびる、とんでもねぇ悪人よ」

「あの方が？　女を騙して？　金をせびる？」

「あまり信じてねぇって顔だな。いいだろう、野郎がなにをしたか聞きやがれ」

弥五郎は、比野勘八の「悪事」とやらを滔々と語り出した。

事の発端は、高輪界隈に暮らす市井《しせい》の娘が、ある男の行方を探してほしいと頼み込んできたことだった。

娘はおろくといって、品川宿の呑み屋につとめているらしい。

半年前くらいから、おろくは比野勘八という男に金子を貸していて、返済を催促したところ、音沙汰が途絶えてしまったというのだ。

貸した額は、市井の娘にとって少ないものではない。町人ひとりが一年は暮らしていけるほどだ。おろくが呑み屋につとめてこつこつと貯めたものだった。

そんな真面目な娘が、なぜ比野勘八に金を貸すことになったのか。

薩摩藩士比野勘八という男は、もともと素行が悪かったらしい。役目がないときは町に出て、おろくが手伝う呑み屋で浴びるほど飲み、博打を打った。遊びの金に糸目はつけなかった。たかが平藩士にそれほどの蓄財があるわけもなく、借金をして遊んでいたのだ。おろくは、危なっかしい男をほうっておけず、借財の仲介をしたり、自らも金を貸していたのだという。

「いつか必ず返すぜ。おれを信じてくれ」

比野勘八は、金を借りるときはいつもそう言っていたという。その言葉をつい信じてしまったのは、比野勘八は男っぷりがよく、体を壊したおろくの親を看病してくれるなど、やさしい一面もあったからだった。

ところが相手はいっこうに金を返す様子もない。膨らむ借財に、おろくもいよいよ恐くなり、返済の当てを尋ねようとした頃合いだ。比野勘八はぷつりと姿をあらわさなくなってしまったということだ。

ひととおり話を聞いて、亥乃は頬をふくらませた。

「なんて男なの。おろくさんの好意につけこんで、しかも最初から金を返す気なんてさらさらなさそう」

「純な娘をたぶらかすふてぇ野郎だ。おなじ娘を持つ身として、おれぁ許せねぇ。亥乃、おめぇも、こんな男に引っかかるんじゃねぇぞ」

「おとっつぁんが恐くて、男から寄りつきゃしないと思うけど」

「それなら、なおいいや」

うちの娘をたぶらかしやがったら二度とお天道さまを拝めないようにしてやるぜ、と息巻く弥五郎のそばで、亥乃は考え込んでしまった。

騙されたおろくは気の毒だし、そんな男は弥五郎にしょっぴかれて当然だと思うのだが、亥乃にはますます解せないのだ。

「あの比野さまが、そんなことするかしら」

――と。

昼間、遭遇した比野勘八と名乗った若者の印象と、あまりにかけ離れている。

「藩の屋敷を出て豪遊ざんまい？　娘を騙して銭をせびり、浴びるほど飲んで博打好き？　そして男っぷりがいい？」

父親が語る比野勘八の印象と、亥乃が道端で会った若者との印象とが、あまりにもそぐわない。亥乃が見た若者は、ちょっと変わり者っぽいが、人の好さそうな、おだやかな面差しをしていた。お芋の具合をすぐに見抜いた目と、獣をいたわる姿が偽りとも思えない。

とはいえ、あのとき勘八はなぜか全身泥だらけだったし、異様なあわてぶりだったし、亥乃もたった一度しか、その「比野勘八」に会ったことも話したこともないのだ。これといって反論できる根拠もない。

亥乃は、おそるおそる父親に尋ねた。

「で、おとっつぁんは、もちろん、比野勘八という人を捕らえるのを、諦めたわけじゃないのよね？」

「あたりまえだ、いくら島津さまのご家中といえど、おれの縄張りで娘がひどい目に遭わされたんだ。町の治安を守るおれらが黙っていられるかい。野郎が薩摩藩の下屋敷にいることは、これではっきりしたわけだ。つぎに藩邸から出てきたら、今度こそ逃がさねぇ」

「ずぅっと下屋敷を張っているつもり？」

「おうよ。子分どもと交代でな」

「おとっつぁんのほうこそ、あまり無茶をしないで。正義感は結構だけど、命あってのことだから」

「ふん、おめぇの母親……お千重《ちえ》も、いつもそんなことを言っていたっけな」

父親のふとした言葉で、亥乃もまた母親のことを思い出してしまった。

長年、激務をこなす弥五郎を助け、家を守り、ともすれば猪突ぎみな夫と娘を気遣っていた母親だ。弥五郎の手下たちからも慕《した》われ、一家をまとめていたのは、たしかに母親だった。

正義感のつよい父親と、芯の通った母親。亥乃は、ふたりの血を受け継いでいる。

だからこそ、心に引っかかっている違和感を、おさえることができなかった。

「おとっつぁんが追っている比野勘八と、わたしが知っている比野勘八とは、おなじ人物ではない気がする」

いまは「そんな気がする」だけで、確たる証《あかし》はないのだが。

それが、もどかしかった。

あくる日の朝。

半日前までは元気がなかったお芋も、すっかり快食快便、体調不良をぶり返した様子もなく、一所懸命、薩摩芋色の体の毛づくろいをしている。

「比野さまが診立ててくださった通りだった」

毛づくろいをすませ、部屋中を嬉しそうに跳び回っているお芋を眺めながら、亥乃もまた簡単な身支度をすませる。昨日暇をもらったぶん、今日は朝から三津屋の手伝いをしっかりしなければいけない。髪をととのえ、うすく白粉《おしろい》を叩いてから、凛々しい襷《たすき》掛け姿で部屋を出た。まずはおもての掃き掃除と、くわえて洗濯だ。それらがすむと、台所で湯を沸かしつつ、里芋の皮をむく下ごしらえをはじめる。

今日、船宿三津屋には、十数人の客が来訪する予定になっていた。

船宿とは、「宿」といっても泊まるための店ではない。江戸は河川の町であり、移動手段に船がよく用いられる。川沿いに店を構え、駕籠《かご》代わりに船頭付きで船を出したり、釣り客のためにも船を出したりする。また客が望めば、客間で食事を出したりすることもある。それが船宿だ。

しかも三津屋は、通常の船宿をやりながら、父弥五郎が使っている岡っ引きたちの休憩場所や避難場所も兼ねているので、小ぢんまりした船宿ながら客足は絶えない。

亥乃の母親お千重もまた、毎日のように三津屋に通い、おつとめで怪我をした岡っ引きたちの手当てをしたり、休ませてやったり、飯をふるまったりしていた。それを亥乃もできるかぎり引き継ごうと思っている。

大量の里芋の皮をむき終わったところで、三津屋のおかみ、おひさが部屋から出てきた。

「あら、亥乃ちゃん、もう起きていたのかい」

「おはようございます、おひささん。昨日は、お休みしてしまいましたから」

「べつに気にすることはないんだよ。亥乃ちゃんは、うちのお手伝いさんじゃないんだから。弥五郎さんからお預かりしている、大切なお嬢さんなんだからさ」

「そうはいきません。ただで住まわせてもらってるんですもの。あたしにできることは、なんでも言ってくださいね」

三津屋を営んでいる善三とおひさ夫婦は、ふたりきりで子どもがいない。「饅《まん》頭《じゅう》」という名の茶色い老雄猫を飼っているだけだ。

善三はもともと岡っ引きで、隠居後に、弥五郎を助けるため船宿を開いた。おひさも岡っ引きの妻として長年やってきたので、きっぷのよいおかみさんだ。

亥乃のことをかわいがってくれる老夫婦に対し、亥乃もまたすこしでも役立ちたいと思っていた。

「今日は、岡っ引きの皆さんがご飯を食べにくるんでしたよね。いつもおとっつぁんにこき使われているから、たくさん食べてもらわないと」

「そうだねぇ、月に一度の、あの子たちの楽しみだからね。弥五郎さんも気をつかって大変なことだろうけど」

「いいんですよ。皆、おとっつぁんにいつも無理難題押しつけられて、忙しくしているんですから。たまにはご馳走をたらふく食べてもらわないと」

夕刻には、弥五郎の手下のうち、緊急のおつとめについている者以外十数人が、大挙してやってくるはずだった。弥五郎が、激務をこなす手下たちを労うために、月に一度開いている宴会だ。岡っ引きたちは、ふだんの疲れを癒すために、大いに飲んで食べる。おつとめの相談や不満があれば、ここで発散していく。仲間どうしで結束するための大切な行事なのだ。この月一の恒例行事はすでに五年もつづいていて、最初に宴会を開こうと言い出したのは、亡き母のお千重だった。こういう気遣いができるところもまた、皆に好かれるところだったのだろう。

母がやってきたことを受け継ぎたい、母のようになりたい、という亥乃の思いを知っているおひさは、それ以上遠慮はせずに手伝いを頼んだ。

「では里芋のつぎは、大根でもむいてもらおうかね。あと、下ごしらえがだいたい終わったら酒を取りにいってくれるかい」

「まかせてください」

弥五郎の手下たちは、よくはたらくし、よく食べるし、よく呑む。料理はいくらあっても足りないほどだから、作るほうにも気合いが入る。

料理の下ごしらえで半日があっという間に過ぎ、夕刻前には、三津屋には屈強な男たちがぞろぞろとやってきた。急ぎの用がある者は来られないが、それでも十二人ほどの男たちが二階の六畳間にあがると、部屋はもう満杯だ。

亥乃が、朝から仕込んだ料理の数々と、銚子《ちょうし》に入った酒を二階に持っていくと、岡っ引きのひとりが声をかけてくる。

「亥乃ちゃん、いつもすまないね」

「いえいえ、今晩はぞんぶんに疲れを癒していってくださいね。お酒もお料理もたくさんありますから」

「三津屋のおやっさんとおかみさんにも、いつも世話になりっぱなしだなぁ。弥五郎さんが、今日は来られないのは残念だが」

岡っ引きに言われ、亥乃は宴会の場に父親の姿がないことにやっと気づいた。里芋の煮っ転がしの大皿を置くと、岡っ引きに尋ねる。

「おとっつぁん、あれからずっと薩摩藩の下屋敷を見張っているの？」

「じつはそうなんだ。おれたちの誰かが代わろうかと言ったのだが、自分で見張ると言ってね」

「ずいぶんと熱心なのね」

「いや、それがさ」と、岡っ引きが声をひそめる。

「弥五郎さんには、亥乃ちゃんっていう娘がいるから、身につまされるんじゃねぇのかな。それで躍起《やっき》になっているのさ」

「あたしがいるから？」

「あぁ。比野勘八に騙されたってのが、亥乃ちゃんといくらも年が変わらない娘だろう。しかも、よくよく境遇を聞いてみりゃあ、父ひとり娘ひとりって身の上ってところもそっくりだ。おつとめで忙しくて、ろくに家によりつかねぇ弥五郎さんが知らぬ間に、亥乃ちゃんにも変な男が近づいてきたらと考えると、ほうっておけねぇのじゃないかな」

「あたしなんかに、変な男が寄りつくとも思えないけど」

「あはは、まぁ、そりゃあそうなんだが」

「……ちょっと、あたし謙遜して言ったんだけど」

「いや、その、亥乃ちゃんに色気がねぇどか、そういうことじゃなくて。弥五郎さんみたいな親父が目を光らせていりゃ、半端な男はおいそれと近づいてこられねぇと。こういうわけだい。亥乃ちゃんだってかわいいよ、なんていうか、日に焼けていて、健《すこ》やかそうで、とにかく元気いっぱいだ！」

「それって誉められてるのかしら……」

「誉めてる、誉めてる！」

岡っ引きの言い訳はすこし苦しかったけれど、いま比野勘八の捜索がどんな状況になっているかは、だいたいわかった。

亥乃たちが話し込んでいると、ほかの男たちも、酔ったいきおいで割り込んでくる。

「なんだなんだ、比野勘八の話か？」

「やつぁ薩摩の芋侍だっていうじゃねぇか。江戸の娘を騙して泣かせるたぁ、江戸っ子としちゃぁ黙っていられねぇな」

「まったくだ。江戸の娘と治安は、おいらたちが守らなけりゃいけねぇ」

「弥五郎さんのためにも、明日から本腰を入れて調べあげるぞ」

酒と料理をかきこみつつ、岡っ引きたちはいっせいに気合を入れなおす。その様子を横目で見ながら、亥乃は居心地の悪さを覚えた。確信せずにいられなかったからだ。やはり、先に会った比野勘八は、岡っ引きたちが言う男とは別人なのだ、と。

だから亥乃は心のなかで決めていた。

「いっそのこと、本人に確かめてしまえばいいんじゃない?」

「本人に確かめる」と言って、いざ亥乃は実行にうつすことにしたのだが。

市井の娘が、由緒ある薩摩藩の武士に面会できるかというと、簡単にはいかないだろう。だが、父親や岡っ引きたちの言によって、勘八の居所はわかっていた。あとは、「また訪ねてください」という勘八の言葉を信じるしかない。

高輪界隈には、町屋敷や町家、武家屋敷御用の商家などが並ぶ。また、東海道から江戸府内への出入り口として知られる高輪大木戸もあることから、多くの人や物が行き交い、大変なにぎわいを見せていた。

亥乃は、薩摩高輪屋敷——いわゆる下屋敷を目指していた。

下屋敷へ向かう途中の坂で比野勘八と鉢合わせたのが、つい一昨日のことだった。

この三日間、勘八のことばかり考えていたかに思う。勘八に愛兎《あいと》の命を救われ、そのあとすぐに娘を騙した男の名だと知らされ、落胆したが、すぐに違う人物だと直感した。

おろくの知る勘八と、亥乃が知る勘八が、別人であると立証することができれば、同心である父弥五郎も考えが変わるだろう。

そのためには、まずはほんものの比野勘八に会わなければならない。

坂をのぼっていくと、通りの向こうに漆喰《しっくい》の高い壁が見えてきた。壁の向こうにずらりと並ぶ黒塗りの甍《いらか》もだ。坂の下からは、全容などわからないほど広大な薩摩藩下屋敷だ。亥乃は、あのなかにいる比野勘八に会わなければならない。

「こんなことが知れたら、おとっつぁんに怒られるだろうけど……」

とはいえこれも、同心の娘としての血がなせるわざなのか。

亥乃は、坂をのぼりきり、薩摩藩下屋敷の前に立っていた。あたりに弥五郎がいないかをたしかめる。ちょうど岡っ引きと交代しているか、すこし場を離れているのだろう。幸いなことに見とがめられることはなかった。

「いまのうちだ」

と、亥乃は下屋敷へとさらに一歩踏み出した。

目の前に江戸の海が広がることから海上禅林とも謳われる、禅寺の東禅寺、その裏手に広がる薩摩藩下屋敷だ。

表門の手前で、見張り番がふたり立っている。

こわもての男ふたりにじろりと睨まれ、亥乃はすこしだけひるんだ。

「どうも、こんにちは。おつとめご苦労さまです」

「なにか御用かな、お嬢さん」

「町の娘が立ち寄るところではないぞ」

はじめから門番たちの態度は素っ気なかった。門の奥は、江戸であって江戸にあらず、薩摩藩という国なのだ。市井の娘がおいそれと入れるところではないし、門番たちが警戒しているのも当然だ。

だが、つぎの瞬間。門番たちは、亥乃の腕に抱かれているものを目にすると、厳しい顔つきから、とたんに相好を崩した。

「おや、そのほうが抱えているものは兎か」

「は、はい。うちの愛兎です。お芋と申します」

亥乃は、三津屋から出かけるとき、飼い兎のお芋も連れ出していたのだ。一昨日、比野勘八は「お芋のことで気になることがあれば訪ねてこい」と言っていた。

お芋を連れてきたのは、比野勘八に会うための口実だったが、門番たちの目をも引いたらしかった。

兎の名がお芋と聞いて、もうひとりの門番も笑っている。

「お芋とは、毛の色が芋みたいだからか？」

「そうなんです。薩摩芋色をしていますでしょ？」

「薩摩藩邸に、薩摩芋色の兎か。これはいい」

ひとしきり笑うと、門番が「あぁ、そうか」と手を叩いた。

「なるほど、蓬山園に御用なのだな？　娘さん」

「蓬山園？」

「兎の診察を受けに来たのだろう？」

「は、はい、そうです。比野勘八さまという方に、兎の具合のことで相談があれば、下屋敷に来るようおっしゃっていただいたので」

「おぉ、比野先生のことを知っているのなら、やはり蓬山園だな」

「藩邸内の蓬山園という庭に、比野先生はいらっしゃるよ」

門番たちがこぞって親切に説明してくれるので、亥乃は安堵のため息をついた。

はじめは邪険に追い返されるか、刺又《さすまた》で突かれるかとも思っていたが、存外獣にやさしい門番たちだ。

厳つい顔を緩め、門番のひとりがお芋をのぞきみる。

「兎のどこが悪いのだ？」

「え、えぇと。以前食欲がなくて起き上がることもできずに難儀していたところを、比野さまに診ていただいたんです。気になることがあればまた訪ねるようおっしゃっていたので、大事をとって、経過も診ていただこうと立ち寄ったしだいです」

「なるほどなるほど、比野先生の野良診療はあいかわらずだな」

「野良診療？」

「道端でたまたま会った獣を、ほうっておけず、どこでもどんなときでも診察してしまうのさ。比野先生ってお人は。だから当屋敷には市井の者がよく訪れる」

「おぬしのように獣を連れた飼い主がな」

「はぁ」

野良診療の比野先生――一昨日出会った若者に、いかにも似合う朴訥《ぼくとつ》な呼び名だと思った。

おかしくなって、亥乃はふふっとほほえみをもらす。

そんな亥乃に、門番たちも笑いかけてくれる。

「比野先生に御用なら問題なかろう。獣も連れているしな。さぁ、入るがいい」

案外、薩摩藩士たちもおおらかというか、亥乃のような小娘相手に大した警戒は必要ないと思ったのか、あっさりと表門脇にある通用門を開けて通してくれた。

「門をくぐった先に蓬山園への案内があるゆえ、それに従って進むがよい。ほかの場所へは進んではならんぞ」

「はい、ご丁寧に恐れ入ります」

亥乃の心臓は高鳴り、冷や汗もかいたが、「大丈夫、やましいことはなにもない」と言い聞かせつつ、通用門をくぐった。

背後から「おい待て」と声がかかったときは、おもわず心臓が口から飛び出るかと思ったが、おそるおそる門番のほうを振り返る。

「な、なんでしょうか」

「兎、しっかり診てもらうがよいぞ」

「あ、ありがとう存じます」

ぎこちなく会釈を返し、亥乃はついに邸内に踏み入った。

門番が言う通り、行く手に高札が立っていた。

『蓬山園に御用の方はこちらへ』

と、訪問者を導くように、高札に矢印が記してあるのだ。案内に従い飛び石が敷いてある道を進むと、世間と隔絶するように、あたりは鬱蒼《うっそう》とした竹やぶに包まれる。道のどん詰まりになると正面に竹垣があり、手前に『ここより蓬山園』と書かれた表札が立てかけられていた。

垣根の一か所に押し戸があり、そこを押し開けて園内へ入る。垣根の向こう側は、緑の浄土だ、と錯覚を覚えるほどに美しい景観だった。

亥乃が見たこともないような、珍しい葉が生い茂る木々が生えており、おなじく珍しい鮮やかな色をした花々も咲き誇っている。道の端には水路があり、澄んだ水が緩やかに流れていた。

ときおり奇妙に甲高い鳥の鳴き声が聞こえるが、どこから聞こえてくるのかは、わからない。心なしか藩邸の外よりも暖かい気もして、まったくもってふしぎな場所だと思った。

「ここはいったい」

木々におおわれた一本道を進んでいくと、やがて水車小屋が見えてきた。

「あそこが、診療所かしら」

さらに近づいていくと、亥乃が小屋の戸を叩くよりもはやく、表戸が向こうから勝手に開いた。

驚いて立ちつくす亥乃の目の前で、奥から、見覚えのある男が踏み出してくる。

総髪を結い、白い筒袖と白い袴姿の、おだやかな表情の若い男だ。

「比野、勘八……さま?」

「え? はっ、ど、どちらさまで?」

亥乃がおもわず呼びかけると、診療所の主、比野勘八は、数日前に会ったときと変わらずあわてた素振りで、突然の来客を出迎える。

だが、あわてふためいていたのも束の間、勘八は、亥乃が抱いている兎に目をとめると、とたんに落ち着き払った表情になった。

「兎の診察にいらっしゃったのですか?」

「お邪魔いたします。あたし、新川亥乃と申します」

亥乃は姿勢を直し、深々と頭を下げた。

おや、どこかで見たことのある兎だ、と勘八のほうから歩み寄ってきて、亥乃が抱いているお芋を、代わりに抱き上げた。

お辞儀をした亥乃の頭上から、やさしげな声がふってくる。

「この薩摩芋色の兎。あなたには、以前もお会いしましたね」

「はい、一昨日です。お芋……うちの兎が、その……」

「糞詰まりを起こしていた兎の飼い主さんだ」

「はい、それです」

よりによって糞詰まりの兎の飼い主とは、いささか恥ずかしいが、自分のことを覚えていてくれたことが、亥乃は素直に嬉しかった。

亥乃は顔を上げ、あらためて礼を言う。

「おかげさまで、うちの兎も、すっかり快復しました。比野さまのおっしゃるとおりにしてみたら、いつも通りに食欲も戻りました」

「急ぎで大した診立てもできませんでしたが、なによりでした」

「あわてていらしたのは、追いかけられていたからですか？　比野さまが去ったあとに、町方同心たちが追いかけていきましたけど」

勘八はなんとこたえるだろうか――。恩人に再会できた嬉しさはいったん胸にしまいこみ、亥乃は下屋敷を訪ねた本来の目的を思い出して、なにげなく探りを入れてみる。

「なにか大事があったのですか？」

「いやそれが、わたしにもよくわからないのですが」

頭をかきながら、勘八もまた一昨日のことを思い返していた。

「あの日、わたしは知人に呼ばれて診療に出かけていたのですよ」

「診療って、獣の？」

「そうです。江戸の町に、獣の体を診る医者はいないですからね。お呼びがかかれば、できるかぎり訪ねるようにしているのです。その日訪ねたのは、高輪にあるとある武家屋敷ですけど」

当の武家屋敷では、狆《ちん》という犬が飼われていた。近ごろ武家や富裕な商家で人気がある愛玩犬だ。その狆が足に怪我をしたというので、屋敷に赴《おもむ》き名乗ったところ、たまたま同席していた別の客が、『比野勘八だと？』と、いきなり血相を変えて追いかけてきたという。

「いったいなぜ追いかけられねばならなかったのでしょうか……そもそもなぜわたしの名を知っていたのか。おかげでわたしは、わけもわからず、逃げる途中に坂で転ぶわ溝に落ちるわで、難儀したのですが」

そして、転んで溝に落ちて泥まみれになって、ほうほうのていで逃げているところを、亥乃に出くわしたというわけだ。

「お屋敷にいた別の客っていうのは、おとっつぁんのことね」と内心思いながら、亥乃は、あらためて聞いてみる。

「比野さまには、同心に追いかけられる心当たりはないのですよね？」

「もちろんです」

「では、同心たちは、『比野勘八』という名の、『別人』を追っていた。ほかの何者かが比野さまの名を騙《かた》っていた、ということなのでしょうね」

「そういうことなのでしょうか……あるいは、名などまったくかかわりなくて、獣を診立てているということは、江戸の町では悪いことだったりしますか？」

大真面目に的外れなことを勘八が問うので、亥乃はつい吹き出してしまった。

「そんなことはないです。獣のお医者さまなんて、江戸でもどこの国でも、尊いおつとめだと思いますよ」

しょんぼりと立ち尽くす勘八の前で、亥乃は、笑いながら断言した。そして直に話してみて、あらためて感じている。比野勘八という若者は、「娘を騙して銭をせびるような男ではない」、と。

生真面目で不器用そうで、かつ獣にやさしい男が、そんなことをできるはずがないのだ。

いっぽう目の前の娘に笑われて、勘八は目を白黒させていた。

「わ、わたし、なにかおかしなことを言ったでしょうか」

「いいえ、違うんです。すみません、大変失礼をいたしました。なんだか嬉しくなってしまって」

「嬉しい？」

「はい。比野さまが、想像通りの方で」

「はぁ」

「獣を診立てることは、悪いことなんかじゃありません。わたしはお芋の命を救ってもらい、とても感謝しています」

勘八のおだやかそうな顔と、腕に抱かれているお芋を交互に見つめながら、亥乃はあらためて礼を言った。

「先日は、お芋を診立ててくださってありがとうございました。気になることがあれば、また訪ねてくるようにとおっしゃってくださったので、お言葉に甘えて、寄らせていただきました」

するとと勘八もすこし落ち着いたようで、おだやかな笑みを浮かべる。

「お芋ちゃんが元気になってよかった。今日は経過を診せにきてくださったのですか？　それともまた別の症状などが？」

「経過を診ていただこうと思って」

「よろしいですとも」

勘八は嬉しそうにうなずいた。お芋の頭を撫でると、「元気になってよかったな。だけど、もうすこしだけ体を診させておくれ」と、やさしく声をかけるのだ。人間に対するときはあわてんぼうだが、獣相手だと頼りがいがある若者に変貌する。

亥乃は、そんな勘八のことを好ましく思った。

「ありがとうございます、比野さま」

「なかでゆっくりと診察をしましょうか。どうぞお入りください」

勘八に案内され、亥乃は水車小屋の表戸をくぐる。土間の奥は、板敷きの六畳間だ。清潔そうな茣蓙《ござ》が敷いてあり、道具といえば、見台と診察台、七輪と医療道具が入っているであろう箪笥《たんす》が置いてあるだけだ。必要なものだけが置いてある、掃除の行き届いた部屋だった。

亥乃にくつろぐように言ってから、自らも座り込んだ比野勘八は、膝の上にお芋をのせると、細くて繊細そうな手で、お芋の小さな体を触りはじめる。

「ふむふむ。この子は、だいぶ年も食っているようだ」

「お芋の年がわかるのですか?」

「毛並みの具合で、ある程度は。おばあちゃん兎ですね」

そういって勘八は、おだやかそうな視線を、お芋から亥乃のほうに向けてくる。

「亥乃さん、とおっしゃいましたっけ。このあいだは、あなたがすぐにこの子の不調に気づいてくれたから、ことなきを得たのですよ。老齢の兎は体調を崩しやすいですから、これからも気遣ってやってくださいね。これからも何か気になることがあれば、すぐに、わたしのところへ連れてきてください」

やさしい言葉につづき、にこりとほほえみかけられ、亥乃は胸が高鳴るのを感じていた。

自分に向けられたまなざしから、視線をはずすことができない。そして、目の前の相手のことを、もうすこし知りたいし、もうすこし話をしたいと思った。

「あ、の……比野さまは、獣だけを診るお医者さまなのですか？」

「獣だけを診る医者というか、ただの蓬山園の管理人なのです」

「蓬山園の管理人、ですか。庭の手入れがおつとめなのですか？」

「本来はそうですね。庭に生えている草花の手入れ、薬草の栽培、庭で飼われている鳥獣のお世話などです」

勘八は、お芋の体を診立てながら、蓬山園のことを亥乃に詳しく話してくれた。

蓬山園がある薩摩藩下屋敷は、いまは隠居している元薩摩藩主、島津重豪《しげひで》の江戸宅であること。重豪という人物は、博物学、蘭学、語学、歴史学、さまざまな学問に通じており、八十歳を過ぎても、好奇心のかたまりのような御方だという。とくに博物学については貪欲で、いまは『鳥名便覧《ちょうめいびんらん》』という、世にも珍しい世界各国の鳥たちの図鑑を作ることに夢中なのだそうだ。

「この水車小屋の裏には、大きな鳥小屋があります。この国で見られる鳥だけではなく、舶来の珍しい鳥も飼われていますよ。すべて殿が、伝手を頼って取り寄せたものです」

「その鳥たちのお世話を、比野さまがまかされているのですね？」

「そういうことになります」

ゆえに、比野勘八の藩内での役職名は、「御鳥方《おとりかた》」というらしい。

もともと比野家は薩摩本国でお納戸方をしていた少禄の藩士だった。だが、祖父の代から、重豪に目をかけられ、江戸にともについてくることになったのだという。そして、重豪の趣味に付き合わされているうちに、植物や獣のことにも詳しくなり、ついには獣の診療もするようになった、とのことだ。

御鳥方というふしぎな役名の響きは、目の前の若者にふさわしい気がして、亥乃は心を震わせていた。

この蓬山園は、名の通り、せちがらい現《うつつ》の世界とは隔離された、桃源郷のようなところなのではないかと感じた。そしてそこの管理人も、ちょっと浮世離れした、獣に親切な、心やさしい人なのだ、と。

「なるほど」

「なんです？」

「いえ、医者ではなくとも、とても博識でいらっしゃるのですね。お芋のことも診立ててくださったし、お呼びがかかれば野良診療に出かけるし、門番の方も『比野先生』とおっしゃっていました」

「先生だなんて滅相もない。ほかの人よりも、獣のことにすこし詳しいというだけです。しかも、ほとんどが受け売りです。祖父が庭の管理や動植物の世話の仕方を教えてくれ、たくさんの書物を残してくれました。それらを踏襲《とうしゅう》しているに過ぎません。でも、世間では、人の診療はしても、獣の診療をしてくれる医者はなかなかいないから、皆よりは多少なりとも知識があることを活かして、ひっそりとではありますが、獣の体を診させてもらっている、というわけなんです」

「でも、立派なことをなさっておいでです」

「獣を診察するなんて、ばかばかしいと言う人もいますけど」

恥ずかしそうに笑う勘八に、亥乃もまたほほえみかけた。

「おやさしいんですね。比野さまは」

「ただの獣好きというだけです。なんというか、わたしは人と接しているよりも、獣といるほうが落ち着くたちで。いま言ったように、獣を診るなんてばかげていると言う人はいるけど、獣たちは、わたしのことを変わり者とも言わないし、笑ったりしませんからね」

「あたしだって、笑いませんよ！」

亥乃が力づよく言うと、勘八は激しく目をしばたたかせてから、大きく笑い崩れた。

「ありがとうございます、励みになります」

照れくさそうに笑いながら、勘八はお芋の診察をつづけた。

「うん？」

ところが、お芋の体を触りながら、勘八はふと手を止めた。すると薩摩芋色の毛のなかに、さらに深く指をつっこみ、念入りに調べはじめる。やがて手をはなすと、勘八は「迂《う》闊《かつ》でした」と低くつぶやいた。

「申し訳ない、亥乃さん。迂闊にもすぐに気づかなかったのですが、この子、尻尾《しっぽ》がありませんね。しかも体中に古傷があるようです」

「尻尾がない？」

それは亥乃も気づかなかった。気づかなかったというよりは、兎を飼ったのははじめてだし、そもそも兎に尾があることも知らなかった。もともと健常な兎でも、小さな尻尾は丸い体に隠れがちだから、「兎には尾がない」と誤解している者も多い。

お芋のお尻のあたりを撫でながら、勘八は説明した。

「犬猫ほど目立ちませんが、本来ならば兎にも短い尾があるのです。お芋ちゃんは尾をちぎられてしまっています」

「誰がそんなひどいことを⁉」と、亥乃は背筋が凍る思いがした。

「お芋を以前に飼っていた人が、そんなことをしたんでしょうか」

「お芋ちゃんを譲られたのは、いつ頃ですか？」

「半年前です」

「では、その人ではないでしょう。いや、その人だったとしても、だいぶ以前のことです。お芋ちゃんの体の傷はだいぶ古いもので、おそらく生まれて間もない頃、数多くのきょうだいたちと一緒に飼われていたときにできたものでしょう」

「ほかのきょうだいたち……ですか」

「はい、兎というのは多産ですから、一度にだいたい五、六頭が生まれます。幼い頃はきょうだいたちと一緒の場所で飼われることが多いですね。ただ、ずっとそのままだときょうだいのあいだでも縄張り争いがはじまります。兎はおとなしそうに見えて、かなり縄張り意識がつよいですからね。住む場所を分けてあげないと、お互いに傷つけ合うことがあるんです」

「縄張りを守るために？」

「はい、だから長いあいだほかの兎たちと一緒の場所に住まわされていた子は、耳や尾や、体のあちらこちらに噛みちぎられたような跡が多く見られます」

「お芋もそういう生い立ちだった、ということでしょうか」

おもわず目から涙が溢れそうになって、亥乃はあわてて目頭をこすった。

もの言わず、おとなしく、かわいらしいお芋が、そんなふうに育ったなどと考えたくなかったのだ。

亥乃が泣き出しそうになっているのを見て、勘八もまたうろたえた。額の汗をあわただしく拭いている。

「亥乃さん、泣かないでください。お芋ちゃんの怪我は、もう痛くもなんともないはずですよ。すっかり癒えていますから」

「ほんとうですか？」

「ほんとうですとも。お芋ちゃんは不幸にも怪我が多い生い立ちでしたけど、これからは、亥乃さんがいたわってあげればよいのです」

「はい」と亥乃は鼻をすすりながらうなずいた。

「そうします。かならずそうします。お芋がおだやかな余生を送れるように」

亥乃は、このとき心から思った。

「比野さまに会えてよかった」、と。

妙な出会いだったけれど、勘八が巻き込まれているいざこざはまだ解決していないけれど、勘八に会えたことに感謝せずにはいられなかった。勘八と会わなければ、お芋は命を落としていたかもしれないし、お芋のことを深く知ることもできずにいた。お芋のことを、守っていこうとも思わなかったかもしれない。

「ありがとうございます、比野さま」

「い、いいえ、そんな。わたしはなにも……こちらのほうこそ、亥乃さんが兎にやさしい方でよかった。お芋ちゃんも幸せです」

勘八まで目をうるませて言うので、亥乃はますます泣けてきてしまった。

お芋をはさんで居間に座るふたりは、目頭をこすりながら、照れくさそうにしばらくうつむいたままでいた。

先に顔を上げてほほえんだのは勘八だ。

「これからも、もし気がかりなことがあれば、いつでも連れてきてくださいね」

「助かります。ほんとうに、わたしは知らないことばかりで。兎が縄張り争いをする生き物だなんて、思いもつきませんでした」

「兎は気が弱そうに見えますからね」

亥乃の言葉にうなずいていた勘八だが、ふとしたことで表情をあらため、首をかしげた。

「うん……？　縄張り？」

「どうなさいました、比野さま」

「いえ、兎の縄張り争いでちょっと思い出したのですけど」

「どんなことでしょう」

「あぁ……もしかしたら、そういうことだったのかもしれない」

「いったいなんのことですか？　比野さま」

「わたしの名を騙った男というのが、わかったかもしれません」

お芋の診察が終わったあと、亥乃と勘八は薩摩藩下屋敷を出た。

奇妙なふたり連れを見かけ、外見よりもよほど親切な門番が声をかけてくる。

「おや比野先生、いまからお出かけですか？」

「はい、ちょっとそこまで」

「また野良診療ですか？」

「そんなところです」

勘八がぎこちなく笑うと、門番はなにも疑うこともなく「行ってらっしゃい」と送り出してくれる。

足止めをくらったのは、表門から離れて角を曲がったところで、待ち構えていた者があったからだ。

「そこのふたり、ちょっと待った！」

ふたりの前に立ちはだかったのは、ここ数日、薩摩藩下屋敷を見張っていたはずの臨時廻り同心新川弥五郎だった。しかも弥五郎は、なぜか大きな猫を一匹抱えている。

その姿を見て、亥乃は大きな両目をしばたたいた。

「おとっつぁん？」

「亥乃、てめぇ……比野勘八なんかと連れ立ってどこへ行くつもりだ？」

「おとっつぁんこそ、その猫、三津屋の饅頭猫じゃない。猫を連れてどうしたっていうのよ」

「おめぇの知ったこっちゃねぇや」

「猫をつかって下屋敷に入ろうとしたのね？」

そうなのだ。弥五郎は、薩摩藩邸内に入るために、比野勘八にじかに会うために、亥乃とおなじことを考えたのだ。

獣の診察を頼みにきたとみせかけて、藩邸内に入る方策だ。

弥五郎の知り合いで獣を飼っているのは三津屋のおひさくらいしかいなかっただろうから、おひさの飼い猫である饅頭猫を引っ張ってきたのだろう。ちなみに「饅頭猫」というのは、茶色くて丸い容姿を見てつけた呼び名だ。

弥五郎は「ばれちゃしょうがねぇ」とこたえておいて、厳しい目つきで亥乃を睨む。

「下屋敷にさえ入ることができれば、比野勘八の正体を確かめられると思ってな。おめぇこそ、兎の診察に便乗して、自分で『比野さまの無罪』とやらを、たしかめにきたってわけじゃあるめぇな？」

亥乃がこたえあぐねていると、弥五郎は大きく舌打ちをする。

「やっぱりそうなのか……呆れたぜ。藩邸内に、わけを偽って侵入したとわかったら、藩士たちに問答無用で斬られたって文句は言えねぇんだぞ！」

「しっ、声が高いよおとっつぁん」

恐れ多くも薩摩七十七万石の藩邸の近くで、物騒な台詞この上ない。いったん息をひそめた弥五郎は娘の顔を眺め、大きなため息をついた。

「まったくおめぇときたら、なんて無茶をしやがる。お千重にそっくりだな」

「おっかさんも、同心の真似ごとなんかしたりしたの？」

「うるせぇ、娘に聞かせられる話じゃねぇや」

「いやだ聞きたい」と亥乃がせがむのを聞きながしておいて、弥五郎は視線をうつし、道の真ん中に突っ立ったままの勘八を睨みつけた。

「もともとは貴様のせいだ、比野勘八さんよ。おろくだけじゃ飽き足らず、うちの娘をもたぶらかそうってのか」

勘八は目をしばたたいた。

「うちの娘……というと、あなたは亥乃さんのお父上ですか」

「罪人《つみびと》ふぜいが、なれなれしく亥乃さんだのお父上だなんて呼ぶんじゃねぇや」

「そんな言い方やめてよ、おとっつぁん。比野さまは、おとっつぁんが追いかけている比野さまじゃないんだから」

「そんな証拠がどこにあるっていうんだ」

「じつは、わたしたちは、いまからそれを確かめに行こうと思っているんです」

勘八に横から割って入られ、しかも話が話なので、弥五郎は一瞬言葉を失った。

「……なんだって？」

「わたしが、金を騙し取った男とは別人で、そもそも男が何者なのか、これから確かめに行きたいと思っているんです」

弥五郎は唸る。

「どうやって？　そしてあんたは、亥乃とおなじく、おれが追っている男とは別人だと言い張るつもりなのか」

「はい、わたしは市井の娘さんを騙して金をせびり、返済もせずに行方をくらますなど、しておりません」

「じゃあ、くだんの男が『比野勘八』と名乗っていたわけは？　たまたま都合よく、同姓同名の薩摩藩士比野勘八がいたっていうのか」

「問題はそこで、男がなぜわたしの名を騙ったのか、わかった気がするのです」

弥五郎に睨まれながらも、勘八はおだやかにこたえる。その様子があまりにも落ち着いて見えたので、弥五郎も語気をしずめた。

「ふぅん……おもしれぇ。それならば、おれも同行するから、一緒に確かめさせてもらおうじゃないか」

「それはかまいませんが、あのぅ、さっきからちょっと気になっていたのですが」

「なんでぃ、やっぱり身の潔白を証明する自信がねぇのか？」

「いえ、その話ではなくて、あなたが抱いている猫のことなんですけど」

「饅頭猫がどうした」

弥五郎が腕に抱いた饅頭猫を差し出すと、勘八は、丸い体を両手で触りだす。

「太り過ぎです」

「なんだと？」

「あきらかに太り過ぎています。飼い猫が太るのは飼い主の責任ですからね。すこし与えるご飯の量を減らして、よく歩かせてください」

「おれの猫じゃねぇや」

「では飼い主にお伝えください。このままだと体がますます動かせなくなり、さらに太って体を悪くしてしまいます」

「お、おう、わかった。そのことは伝えておこう」

「頼みます」

こと獣のことになると、立場が逆転してしまう勘八と弥五郎である。ふたりのやり取りを見て、おかしそうに笑った亥乃は、表情を引き締めなおし、ふたりに向かって言った。

「さぁ、お話はそこまで。そろそろ行きましょう」

亥乃たちが向かったのは、そもそもの事件の発端である、品川宿のなかにある呑み屋「しながわ屋」だった。


「どなたですか？　この方は」

娘の第一声は、これだった。

品川宿のはずれにある、小さな呑み屋「しながわ屋」にて。

しながわ屋は、例の銭を騙し取られた、おろくという娘がはたらいている店だ。呑み屋なので営業は夕刻前から。いままさに営業開始という時分、亥乃は、店にひとりいる女中を見つけた。小さな店なので、何人も女中を雇う余裕はないのだろう。つまり、店にいる二十歳くらいの若い娘が、くだんの金を騙し取られた娘だろうと、声をかける。

おろくは、はじめ警戒していたが、「あなたが相談を持ちかけた同心の娘です」と亥乃が名乗ると、やっと警戒を解いてくれた。

「おろくさん、すこしお話を聞いてもいいですか」

「すこしだけなら。もしかして、勘八さんの居所がわかったんですか？」

「いいえ、ごめんなさい、まだなんです。なので、おろくさんにもうすこしお話を聞けたらと思って」

そう言って亥乃は、おろくをおもてへ誘い出し、勘八に引き合わせた。

そこでおろくは勘八を見て「どなたですか」と言ったのだ。

つまり勘八は、おろくを騙した、弥五郎が追いかけている「比野勘八」ではないことがわかった。

目の前で勘八の疑いが晴れていくのを見て、弥五郎は複雑そうに顔をゆがめる。

「なんてこった、ここ数日のおれの苦労はいったいなんだったんだ」

「ご苦労さまです」

「あんたに労われる筋合いはねぇや。くそ、じゃあいったい、おろくさんを騙した比野勘八はどこのどいつだってんだ」

「そのことで、わたしにすこし心当たりが」

戸惑うおろくに向かい、勘八は一歩進み出る。

「おろくさん、とおっしゃいましたか。わたしは薩摩藩士、比野勘八と申します」

「え？」とおろくは首をかしげた。

「比野勘八というと、あの人とおなじ名？」

「はい、あなたの知っている比野勘八は、やはりわたしとおなじように白衣を着ていて、年の頃もおなじくらい。でも、思い出してください。その方はひょっとして津軽訛《つがるなま》りがありませんでしたか？」

「訛り……」

おろくはしばらく考え込んでしまった。

亥乃たちが見守るなか、「そういえば」とつぶやき、長いまつげの下にある目をうるませた。

「たしかに訛りがあった気がします。少なくとも江戸の人ではなかった。津軽の言葉なのかはわかりませんが、あなたとはあきらかに違います」

「わたしは薩摩の人間ですからね」

「あの人は薩摩藩士だと言っていましたけど、あなたと言葉が違うということは、薩摩藩士ではなかったということですか？」

「それどころか『比野勘八』という名ですらなかったはずですよ」

おろくは察しのよい娘だった。勘八がなにを言わんとしているのか理解し、わかってしまったからこそ、顔色を真っ青にして立ちすくんでしまった。

「すべて嘘だったんですね。名も、出生のことも、いつかきっと金を返すと約束してくれたことも」

娘の顔色を見て、勘八もまた表情を曇らせる。

「ご、ごめんなさい。わたしがほんものの比野勘八で。あなたを哀しませたくはなかったのですが、わたしも、その、あなたを騙したと疑いをかけられて……」

「はい、わかっています。あなたのせいではないです。でも……」

勘八がうろたえ、おろくが泣きそうになると、亥乃がふたりの間に割って入った。女どうしで話したほうがよさそうだと思ったのだ。勘八と弥五郎ふたりは待たせておいて、亥乃はおろくをともない、店の横にある腰掛に座り込む。

「びっくりしたでしょう、おろくさん」

「は……い、突然のことで。まだよく呑み込めていなくて。でもあの人は、別人の名前を騙って、はじめから返すつもりもなく、あたしから借金をしていたんですね」

「はじめから、おろくさんを騙すつもりだったのかは、わからないけど」

「でも、別人の名を騙っていたのは、そういうことだったはずですよ」

おろくが両手で顔をおおってうなだれてしまったので、亥乃はかける言葉が見つからない。おろくが落ち着くまで辛抱強く待った。しばらくして、おろくが顔を上げて、しみじみと語りはじめる。

「……あたしのこと、ばかな女だと思うでしょう？」

「そんなことない、男のほうが悪いだけ」

「ありがとう。でもね、あの人は、たしかにあたしに親切にしてくれた。たとえ金が目当てだったとしても。あたし、病に臥《ふ》せっているおとっつぁんとふたり暮らしなのだけど、おとっつぁんの看病をよくしてくれたの」

亥乃もまた父親とふたりきりだと知ると、おろくも、すこしは心を開いてくれたようだ。遠慮がちではあるが、自らのことを訥々《とつとつ》と語ってくれる。

おろくが勘八と名乗った男に出会ったのは、半年ほど前のことだという。

博打で負けて持ち金すべてを巻き上げられた男は、門限にも間に合わず、藩邸に帰れず往生していた。金がないから飯も食えない。茶屋にも寄れない。道端でうずくまっていたところを、しながわ屋からの帰り道におろくが見つけた。

おろくは、どうしても男をほうっておくことができず、自分の金で飯を食わせた。以来、ときどき男はおろくの店にやってくるようになる。決まって博打ですったときばかりだ。そのたびに、おろくが自分の給金からさっぴいて、店の飯を食わせてやる。店で白い目を向けられはじめると、つぎは、自分の長屋に連れて帰って飯を食わせるようになった。

「店のおかみさんにも、ほかのお客さんにもさんざん言われたの。あんな男は疫病神だからかかわるなと。金が目当てで近づいているだけだから、ろくなことにならないって。でも、そうは思わなかった。あの人は、あたしの話をよく聞いてくれたし、励ましてくれたし、一緒にいて楽しかった。長屋に連れていくようになってからは、父親にもよくしてくれた。看病もしてくれたし、話し相手もしてくれた。長患いで孤独だった父が、どんなに喜んだことか」

だが、男の金使いの荒さは前々から気になっていた。行方をくらませたあとも、男を信じたかったが、どうしても不審に思ったからこそ、弥五郎に相談をもちかけたのだろう。

「でもね、新川さまに相談を持ちかけたあと、あたし、すこし後悔したの」

「どうして？」

「捕まったら、あの人がひどい目に遭う。牢屋に入れられて、折檻《せっかん》を受けて、もしかしたら藩から追放されてしまうかも。そんなことにはなってほしくなかった」

おろくは、すこし涙をにじませながら語る。

「ただ金さえ返してくれたらそれでよかったのに、あたしの元に帰ってきてくれたら、よかったのに」

話を聞いていると、勘八の名を騙った男にも、やさしい一面があったことがわかる。おろくが惚れるのも無理ないことかもしれない。

「あなたが会った比野勘八って人は、ほんとうにいい男だったのね」

「そうよ。役者みたいに色が白くて鼻筋が通っていて。上背がすらっと高くて、いい匂いがしてね。いつも自信に充ちていて。語ることもいちいち身に染みて。低い声が、胸に響くようなの。すこしだけ金勘定にだらしがないだけで、心根はやさしい人なの。そのうち金を工面して、返しに来てくれるとまだ信じたいの」

「そう……そうなのね」

おろくの言葉に、亥乃はこれ以上かける言葉が見つからなかった。

心が苦しくなってきて、聞き取りを終えて亥乃は早々に立ち上がる。

「あたしはこれでお暇《いとま》するね。お店が開く前の忙しいときに、ごめんなさい」

辞去を告げた亥乃を見送りがてら、おろくは、道の反対側で待っている勘八と弥五郎の姿を見つめながらつぶやいた。

「あちらの比野勘八さんは、あの人のほんとうの名を知っているのかしら」

「ほんとうの名を知りたいと思う？」

すこしのあいだだけ沈黙したあと、おろくは「いいえ」とかぶりを振った。

「知らなくていい。いずれ、あの人が帰ってきてくれたら、事情といっしょに、ほんとうの名も聞いてみる。新川さまにも、探すのは打ち切ってもらうよう頼むつもり。もうすこし、あの人を待ってみるね」

「わかった」

こたえたあと、おろくの姿を見るにしのびなく、亥乃はすぐに踵を返した。


おろくに会ったその日の晩。

亥乃は、お芋と沿い寝をしながら、ふと亡くなった母親のことを考えていた。

「おろくさんのこと、おっかさんなら、なんと言ったかな」

この世にいない母親の顔を、亥乃は思い浮かべる。亥乃とは違い、色白で端整で、愛嬌のある人だった。弥五郎と夫婦になることを親に反対され、駆け落ち同然で一緒になったと噂に聞いたことがあるが、真相が本人の口から出たことはない。だが、弥五郎に惚れ抜いていることは、娘の亥乃にもよくわかっていた。

「もし、おとっつぁんに妙な疑いがかけられて、捕まりそうになったとしたら。おっかさんは黙っていなかっただろうな」

美しい人だったが、ただそれだけではなかったのが母だ。

ふだんは夫から一歩下がって控えていることが多かったけれど、「いざとなったら自分が弥五郎を助けるのだ」という気構えがいつでもできていた。弥五郎のおつとめを理解し、身のまわりをすべて支え、夫がおつとめに集中できるように心を砕いていた。

美しくて情が深く、なによりつよい、そんな母千重が、亥乃は心から好きだった。

ふいに目頭が熱くなってきて、亥乃は、お芋を抱きしめる。やわらかい毛が頬にあたって心地よかった。

「おっかさんなら、おろくさんに言えたのかもしれない。騙した男のことは忘れて、新しい道を歩みなさいとか、比野さまをもっとかばったりとか、気のきいたことができたでしょうね」

自分は、人としても、女としても、まだまだだと思った。

けれども、しながわ屋からの帰り、勘八はおだやかに亥乃に言ってくれたのだ。

「そんなに落ち込まないでください、亥乃さん」

「だって、さんざん騒ぎ立てておいて、まだ騙した男を待ってみるとか、依頼していた探索を打ち切るだとか、自分勝手じゃない」

「あの娘だって傷ついているんだ。そんなことを本人に言うんじゃないぞ」

「だから言わなかったでしょう。だけど……」

勘八と弥五郎、両脇から言われて、亥乃は頭を抱えた。

「なんだか納得がいかない」

亥乃といっしょに歩く勘八と弥五郎は、顔を見合わせて苦笑いをこぼした。

「亥乃さんの気持ちもわかりますが」

「騙されたほうが訴えを取り下げるってんだから、これ以上は、おれたちはなにもできねぇよ。比野さまの疑いが晴れただけでもよしとしなけりゃな」

そう諭《さと》されてしまうと、亥乃もなにも言えなくなってしまった。しばし黙り込んで歩いたあと、あらためてとなりを歩く勘八に問いただす。

「ところで比野さま」

「はい、なんでしょう」

「おろくさんと会ったとき、なぜ、相手の男が津軽訛りだとわかったのですか」

「くだんの男が、わたしが知っている人物だとわかったからですよ。兎の縄張り争いのことで思い出しました」

「そういえば、そんなことをおっしゃっていましたね」

親子そろって首をかしげる亥乃と弥五郎に、勘八は歩きながらわけを話してくれた。

「縄張り争いというか、商売仇に、心当たりがあったのですよ」

「商売仇？」

「はい、わたしのほうではそう思ってなかったのですが、相手のほうがね。こちらをよく思っていなかったようで」

高輪界隈に、つい数か月前まで、津軽から来たという医者が開業していたというのだ。年のころも勘八に近い若者だった。

「そういえば、すこし前まで、近所に町医者がいると聞いたことがあります。あまりはやってはいないようでしたが」

「高輪界隈には、昔からいる地元の名医がいらっしゃいますからね。津軽からやってきたぽっと出の若い医者が、あまりはやらないのは仕方なかったかもしれません」

昔から高輪界隈にいる名医というのが、数日前、亥乃がお芋を連れていった、あの町医者だ。

話は戻って津軽からやってきた若医者だが、あまりにも患者が来ないので、日々くさって飲み歩くようになった。そこでおろくに出会ったのだろう。男はそこで、「獣を診る妙な医者が高輪界隈をうろついている」という噂を聞いた。

「ある日、わたしは彼に呼び出されて言われたことがあるのです」

「比野さまは、男に会ったことがあったのですね。顔見知りだった。だから、相手の男は比野さまの名を知っていたし、偽名を騙るのに使ったわけですね」

「おそらくは。彼には、わたしが縄張りを荒らしに来た新参者に見えたのでしょうね。ただでさえ診療所がはやらないのに、またも新しい医者が来ては困ると思ったのか」

「でも、比野さまは獣医者、かかわりないはずです」

「相手の男には、獣医者でも、人の医者でも、おなじことだったのでしょう。ましてや獣医者なんてほとんど知られていませんから」

「なるほど……それで、縄張り争いになったというわけですね」

若医者は勘八に、「このあたりの縄張りを荒らすな、他所で商売をやれ」とでも言ったのだろうか。勘八は「自分は獣しか診ませんから」と相手にしなかったが、かえってそれが気に障ったのかもしれない。若医者はますますくすぶって、博打に手を出したあげく、金を騙し取った娘に勘八の名を騙ったのかもしれなかった。

事の顚末が明らかになっても、勘八は、怒りはしなかった。それどころか、哀しみに顔を曇らせているのである。

「あの若い医者も、いまごろどこでなにをしているか。悔いあらためて、借りていた金を揃えて、おろくさんのところへ帰ってくれるといいのですが」

――きちんと治療をすれば、古い傷も、いずれは癒えるのですからね。

勘八の言葉に、亥乃は、古傷のあるお芋のことを思い出した。お芋には、傷による痛みはもうないだろうと言っていた。若いときは理不尽なこと、どうにも抗えないことが身に起こっても、誰かに助けられ、癒しをもらえれば、傷は消えなくとも、痛みは忘れることができるのではないか。

おろくにも、相手の若医者にも、そうなってもらいたかった。

若医者が、若医者なりに、おろくの父を気遣い、世話をしたのは確かなことなのだろうから。相手の男に、おろくははっきりとしたやさしさを見たはずなのだから。

相手もまた、ままならぬ日常の鬱憤《うっぷん》を抱えながら、おろくに甘えていたのだろうから。

勘八と肩を並べて歩きながら、亥乃は、ため息とともにつぶやく。

「おろくさんにとっては、かけがえのない人だったんですね。その男は」

「えぇ、そうですね」

亥乃は、ひどくやさしげな男の横顔を見つめる。

「そして、比野さまは、おやさしい方なんですね」

「やさしくなどありません。人が、泣いたりわめいたり、傷つくのを見るのが、しのびないだけで。意気地がないだけなんです。人は、苦手です」

「人は、苦手ですか」

「はい」

「だから、獣の医者など、なさっているのですか？」

「それもひとつあります」

「ほかにも理由が？」

勘八が黙り込んでしまったので、詮索はここまでにしようと亥乃は諦めた。これからも、尋ねる機会はあろうから。

「でもやっぱり、比野さまは、おやさしいと思います」

「………」

「おやさしくなければ、話も通じない、表情もわからない、小さな獣たちの苦しみは、わかりっこないと思いますから」

亥乃はほほえんだ。すると、それを見た勘八も、「ありがとう、亥乃さん」と、よわよわしい笑みを浮かべる。

「また、お芋のこと、診てくださいね」

「もちろんです。待っていますから、いつでもどうぞ」

「ありがとうございます」

曇った表情から一転、獣のことを語るとき、勘八の顔は活き活きとかがやく。

それを見ると、亥乃の心もまた晴れやかになった。

人と人とは、まこと複雑な付き合いだが、こうして素直にわかり合えるときもある。そんなときが、とても幸せだと、亥乃は思っていた。

極楽の園

ごくらくのその

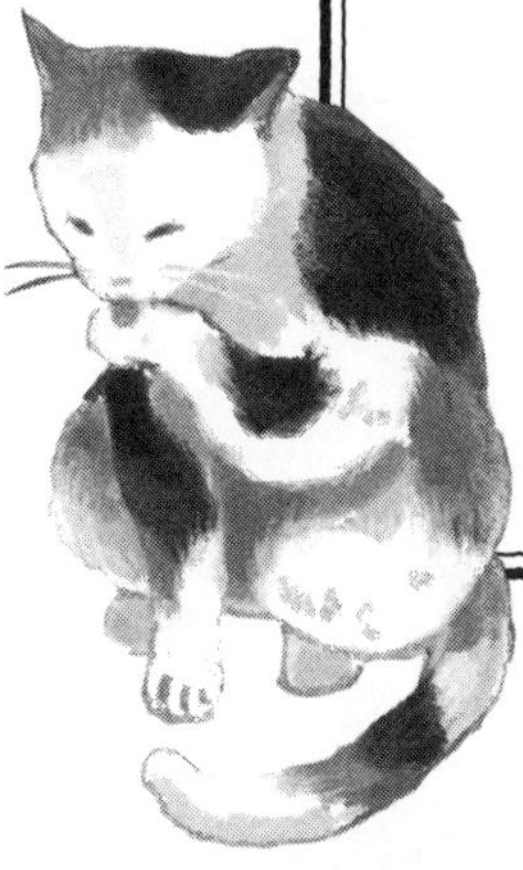

路上に散っていた薄紅の花びらが、春風に乗って渦巻いた。

木の枝から散ったはずのそれらは、息を吹き返したように、亥乃の目の前で舞い踊っている。

「ごめんください」

目黒川の桜も散りはじめる今日このごろ。

江戸は高輪界隈、東禅寺近くにある薩摩藩下屋敷の門前。亥乃は、表門の両側に立つ門番に、軽く会釈をした。年若そうな薩摩藩士たちは、それまでの厳めしい表情から一変、「これは亥乃どの」などと言いながら相好を崩す。

こうなると、広大な敷地を有し、強固な練塀で囲まれ、威圧さえ感じさせる島津さまの門前も、また違った景色に見えるというものだ。

亥乃は、門番たちに丁寧に挨拶をした。

「皆さま、いつもお疲れさまです。お世話になっております」

「亥乃どの、今日も蓬山園に御用かな」

「はい。知り合いの飼い猫の具合が悪くなったものですから。代わりにあたしが連れてまいりました」

「いつもご苦労なことだ。亥乃どのは、よほど獣がお好きとみえる。どうぞどうぞ、比野先生もいらっしゃるだろうから、お入りなさい」

「お邪魔いたします」

亥乃の腕のなかで、ひとかかえもあるほどの茶色い毛玉が「にゃご」と鳴いた。化け猫じみたこの雄猫は、名を「饅頭」といって、巷では饅頭猫とも呼ばれている。亥乃が世話になっている三津屋のおかみ、おひさの飼い猫だ。老猫であり、ときどき食欲がなくなることがあるのだが、その都度飼い主ではなく、亥乃が蓬山園に連れてくる。

通用門をくぐり、藩邸内に入ると、勝手知ったる蓬山園への道のり、すぐに右手へ折れ、道なりに敷かれた飛び石の上をいっきに駆け抜けると、竹垣が見えてくる。その竹垣の向こうが、薩摩藩邸内にある庭園兼薬園の蓬山園だ。

蓬山園は、博物学好きで鳥好きの元藩主、島津重豪が作らせた庭で、珍種の植物や花が育てられ、やはり珍しい鳥を飼うための大きな鳥小屋が設えてある。くわえて、これまた世にも珍しい、獣だけを診立てる診療所があるのだ。

獣を同伴させていれば、よほどあやしげな人間でないかぎり、町人でも蓬山園に入ることができる。

すでに亥乃は、何度も獣を連れてきているので、門番たちにも顔が通っていた。亥乃に抱きかかえられた饅頭猫も何度目かの来訪なので、またかと言いたげに「にゃあご」とふたたび鳴いた。


江戸の世には珍しい獣専門の診療所は、薩摩藩士で御鳥方という役目についている、比野勘八という二十二歳の若者が営んでいる。

緑深い蓬山園のもっとも奥まったところに、ひっそりと水車小屋が建っていて、そこが診療所だ。

診療所の表戸を軽く叩いてから、亥乃は戸を引き開けた。

「ごめんくださいまし」

「わわわ、ど、どなたか、竹千代《たけちよ》を捕まえてください」

「竹千代?」

引き戸を開けるなり、白い羽毛が目の前を舞った。同時に翼を広げた白い鳥が羽ばたいてきたので、亥乃はとっさに猫を放して白い体を抱きとめた。

いきなり飛び出してきた白い鳥のつぎに、居間から駆け下りてきたのが、診療所の主、比野勘八だ。あまりにあわてていたため、敷居でつまずいて転び、きれいに一回転してから大の字に倒れてしまった。

「あいたた……おや、どなたかと思ったら亥乃さんでしたか。竹千代を止めてくださって助かりました。お怪我はありませんか？」

「はい、あたしは大丈夫です。でも比野さまは大丈夫ではなさそう」

「なんのこれしき」

大の字に倒れてからやっと起き上がった勘八は、亥乃が捕まえた竹千代という白い鳥を受け取ると、あらためて頭を下げる。その間も、勘八は竹千代にくちばしで突かれたり、足蹴《あしげ》にされたりしているので、立場の上下というのがまるわかりだ。

「あいたた、ふだんはおとなしい子なのですが、傷の手当てがよほどいやだったのかな」

「手当て中だったのですね。人間だって傷に触れられれば、ひどく痛みますもの。それにしても、竹千代だなんて、ずいぶんと立派なお名前の鳥なのですね」

「殿のアヒルなので」

「との？」

竹千代というアヒルを羽交い締めにしたまま勘八が奥の間へ入っていくので、亥乃もそれにつづく。診察室となっている居間には、衝立《ついたて》がたてかけられており、奥から何者かが顔をのぞかせた。

「殿とは、わしのことだよ。お嬢さん」

「きゃっ！」

衝立の奥からいきなり白髪の老人が顔をのぞかせたので、亥乃はおもわず悲鳴をあげていた。ついでに饅頭猫もけたたましく鳴き出し、勘八が抱いている竹千代もふたたび鳴きわめきはじめた。

獣たちの大合唱のなか、衝立の奥で立ち上がった白髪の老人は、肩をすくめている。

「これこれ、なにも悲鳴をあげずともよかろうに」

「すみません。誰もいらっしゃらないと思っていたので」

ふだんは閑古鳥《かんこどり》が鳴いていることが多い診療所である。亥乃が知るかぎり、先客がいたことなどはじめてだ。

衝立の向こうには、顔を出した老人のほかにもうひとり、端整な顔をした三十歳前後の武士がひとり控えていた。落ち着いた雰囲気をもつ男だが、亥乃が挨拶をしても、にこりともせず会釈を返してくるのみである。

いっぽう老人のほうは気さくで、亥乃に座布団を勧めたり、なにくれと話しかけてくれる。身なりも立派だし、弁舌も快活で、凡人とは思えなかったが、「との」とは、どのような身分の人なのか。

亥乃が抱いた謎は、すぐに勘八が明かしてくれた。

「亥乃さん、こちらは我が薩摩藩の前々当主、島津重豪さまにあられます。この下屋敷と蓬山園のあるじでいらっしゃいますよ」

「では本物のお殿さま？」

島津重豪――薩摩七十七万石、島津の姓を冠する白髪の老人は、亥乃が生まれてはじめて見た、いや、もしかしたら一生お目にかかることはないはずの、正真正銘の「お殿さま」だったのだ。

驚きのあまり、亥乃は饅頭猫を抱きしめながら言葉を失う。

たかだか臨時廻り同心の娘は、恐れおののき、身動きすらできない。そんな亥乃に、勘八がやさしく声をかけた。

「そんなに固くなることはありませんよ」

「え……で、でも……」

「そうそう、殿さまといったって、政《まつりごと》のほとんどを息子や孫に譲って、下屋敷に住まう身。いまは、ただ珍しい植物やら獣やらを愛でるだけの老いぼれに過ぎんよ」

お殿さま自らもそうおっしゃるのだが、とはいえ亥乃の緊張がやわらぐわけもない。証拠に、重豪の背後に控えている武士が、主君に無礼があれば、いつでも市井の娘など斬り捨ててくれんという殺気をはなっているではないか。

亥乃がいまだ固まっていると、こちらも勘八がとりなしてくれた。

「堀田《ほった》さま、堀田さま。こちらは、南町奉行所の臨時廻り同心、新川弥五郎どのの娘さんで、亥乃さんといいます。素性もはっきりしていますし、蓬山園にも何度も通っていらっしゃるので、そんなふうに睨みをきかせなくてもよいのです」

「はじめまして……新川亥乃です」

「重豪さまの側用人、堀田研之助《けんのすけ》と申す」

亥乃が臨時廻り同心の娘と知り、堀田研之助と名乗った武士は、鋭過ぎる表情をすこしだけ緩めた。

ひとまず自己紹介は終わり、場の緊張が完全にほどけたわけではなかったが、勘八による饅頭猫の診察がはじまった。診立てとなると、すこし頼りなさそうな勘八の表情は、がらりと変わる。武士らしい精悍な顔つきになるのだ。

勘八は真剣な表情で、饅頭猫の目鼻口、手足から胴へと、すみずみまで診察の手をはしらせる。

今日の来意は、饅頭猫の食欲がなくなったからだったが、いつも通り「食べ過ぎ」との診立てになった。消化を促すため、寝そべった饅頭猫の体をやさしくもみほぐしてやっている。

気持ちよさそうに体をあずけている饅頭猫を見て、亥乃はあきれた声をあげた。

「また食べ過ぎなの？　この子ったら……」

「だいぶ年がいった猫ですからね。あまり動かないのに食べ過ぎるから、食あたりを起こしやすいのです。あまり餌を与え過ぎないようにと、飼い主にお伝えください。うん、こいつ、ここが気持ちよいのか？　どれどれ」

診察の最中はきりりとしている勘八も、猫の腹を撫でているときは、顔が緩みきっている。「比野さまは、ほんとうに獣がお好きなのだ」と、亥乃もほほえましくなった。

「ところで比野さま」

「はいはいなんでしょう」

「今日の診察のお代はいかほどになりますか」

「いえいえ、お代は結構ですよ。実費がかかったときだけお願いしますけど、今日も特別お金がかかることはしていないですからね」

「いつもそうおっしゃって……なんだか悪いです」

そんなふたりのやり取りを見やりながら、竹千代を抱えた重豪は、朗らかにのたまった。

「娘さん、もし気が咎めるのなら、今度は勘八に甘いものを差し入れておあげ。この男は金儲けにも出世にも、ましてや人間にもあまり興味はないが、無類の獣と甘いもの好きだ」

「と、と、殿？」

横合いからの重豪の言葉に、勘八は赤面した。

「殿、ずいぶんなおっしゃりようではないですか。人間に興味がないなどと」

「事実そうではないか。獣と触れ合い、あとは甘味が食べられればいいのだと、常日頃から言っておろうが。もっとも近ごろは熱心な獣の飼い主が訪ねてくるから、ずいぶんと楽しそうだが」

「やめてくださいっ」

家臣をからかう重豪の背後で、堀田研之助までもがおかしそうに笑っているので、勘八はますますあわてふためいた。顔を真っ赤にしているのが初々しい。

亥乃も堪えきれず吹き出してしまう。

「ふふ、お殿さまには敵いませんね」

「まったくですよぅ」

饅頭猫の診察も終わり、和やかな雰囲気になったところで、なんと重豪自らが、亥乃たちに茶をふるまってくれた。

大大名の元藩主と、その家臣たちと、市井の娘との、傍目ではなんともふしぎな顔ぶれで、しばし歓談が繰り広げられるのだ。

重豪はさすがに話が巧みだった。蓬山園を造設するまでの経緯や、この庭に込めた情熱や、将来は数十冊にもおよぶ博物事典を作成したいのだとか、齢八十を過ぎているとは思えぬほど活き活きと、ものごとを語って聞かせてくれる。

それがまた知識一辺倒ではなく、若い娘にもわかりやすいよう嚙み砕いて話してくれるので、亥乃もおもわず重豪の話に聞き入ってしまった。

「一国をおさめるお殿さまというのは、こういう魅力のある方なのだ」

最後のほうでは、亥乃はすっかり重豪に心酔してしまった。

楽しい時はあっという間に過ぎ去り、明かり取りから差し込む光が斜めになってくるのを見て、夕刻も近いことを悟る。

重豪が、気を利かせて話を打ち切った。

「おっと、おしゃべりが過ぎたかな。暇な老人にすっかり付き合わせてしまって申し訳ない」

「いいえ、とても楽しいお話でした。ありがとうございます」

「それはよかった。いやでなければ、またおいで。わしは下屋敷でのんびり暮らしているから、ときどき話し相手になってくれると嬉しいよ」

「恐れ多いことですが、わたくしでよろしければ、また寄らせていただきます」

一礼した亥乃は、居間で遊ばせていた饅頭猫を抱き上げ暇を告げた。

重豪も堀田研之助も、丁寧に返礼をしてくれる。それどころか、表戸まで亥乃を見送ってくれるのだ。

亥乃はあわてふためいてしまった。

「お殿さま、ほんとうにここで結構ですから」

「ならば勘八に近くまで送らせよう」

「いえいえ、ひとりで帰れます。さほど遠くありませんし、通い慣れた道ですから」

恐縮ひとしきりの亥乃が、表戸を開けはなったそのときだ。

亥乃が診療所にやってきたときとおなじ現象が起こった。

表戸を開けるなり、羽毛をまき散らしながら、一羽の鳥が診療所に舞い込んできたのだ。その鳥が、小屋の天井といわず壁といわずぶつかりながら、やがて力尽きて床に落ちてくる。

重豪も堀田研之助も、もちろん亥乃も呆気に取られていたが、ゆいいつ勘八がまわりこみ、両手で落下してくる鳥をとらえた。

両手ひとかかえもあるほどの大きな鳥が、勘八の腕のなかで、ぐったりとうなだれている。だが、亥乃たちが目を見張ったのは、鳥の大きさもさることながら、羽毛の色の鮮やかさのせいだろう。羽は、藍色と朱色とが入り混じった、美しい色合いをしていた。

鳥の美しさに、亥乃はため息をついていた。

「なんてきれいな色をしているの。こんな鳥、はじめて見た」

亥乃が言う通り、世にも珍しい種であり、これほど大きく色鮮やかな鳥は、そこらの野山や町なかを自由に飛んでいる野鳥ではないだろう。だから「いったいどこから飛んできたのだ」ということになるのだが、空を見上げてみるものの、手がかりらしいものは見当たらない。

「どこかで飼われていたものが、逃げ出したのでしょうか」

勘八が言うと、腕のなかでうずくまっている鳥を見つめ、重豪もうなずいている。

「おそらくそうだろうな。本来ならば、我らの国にはいないはずの鳥だ。勘八、この鳥は、鸚鵡《おうむ》で間違いないかな?」

「はい、おっしゃる通りかと。この種は、たしか祖父の著書に書いてございました」

「おうむ?」

珍しい鳥の名を言い当ててしまう重豪と、それを認める勘八、ふたりの博識に、亥乃はあらためて驚かされてしまった。

「おうむ、というのですか、この鳥は」

「はい、舶来の鳥です。だいぶ以前から長崎より入ってくるようになって、好事家《こうずか》にはかなり知られた種ですね。鸚鵡は長生きで頭がよく、訓練すれば人の言葉も話すことができるようになるんですよ」

「人の言葉を?」

なぜそんなことを勘八が知っているのかというと、勘八の祖父である比野勘六《かんろく》という人物が勘八以上の獣好きで、何冊もの図鑑を作成したのだという。

「祖父は、初代の御鳥方でして。わたしとおなじように蓬山園の管理や、依頼があれば獣の診療をするかたわら、獣の生態なども調べて図鑑を作りました。『餌方餌付方部』『唐紅毛渡鳥集』『和鳥之部』というのがあるのですが」

「だから比野さまも、獣のことにお詳しいんですね」

「幼少の頃から祖父の本ばかり読みふけっておりましたから」

勘八が言うと、その横で「この男は、同年の子どもたちとまったく遊ばず、本ばかり読んでいた変わり者だったのだ」と堀田研之助が補足してくれる。

「では、お爺さまが書かれた書物に、この鳥のことも載っていた、と」

「はい。殿がおっしゃる通り、こいつは鸚鵡で間違いないと思います」

すっかり感心してしまい、あらためて藍色と朱色の美しい鳥を眺めてから、亥乃は怪訝《けげん》そうに首をかしげていた。

「でも、比野さま。いくら珍しい鳥でも、人の言葉を喋ることができるというのは、ちょっと信じられないのですけど」

「えっと、それはですね……」

勘八がなにごとか説明しようと口を開きかけたときだ。腕のなかから突然、

『ミツヤ』

という甲高い奇声が発せられた。

亥乃も、重豪のかたわらに控えていた堀田研之助までが、ぎょっとして声のしたほうに視線をやった。

『ミツヤ』

もう一度、奇声があがる。聞き間違いではない。

勘八が抱えている藍色と朱色の美しい鳥が、たしかに「ミツヤ」と人の言葉らしきものを発したのだ。

亥乃は自らの耳を疑いながら、勘八に尋ねた。

「いまのはまさか、この鳥が喋ったのですか」

「この通り、鸚鵡は人の言葉を喋るのです。もっとも意味をわかって発したものではないのでしょうが。鸚鵡はですね、しつこくものを聞かせると、聞いた音をそのまま言葉のようにして、鳴き声として発するときがあるのです。これも、祖父の文献に書いてありました。わたしも実際に聞いたのははじめてですが」

勘八の言葉に、重豪も黙ってうなずいていた。

亥乃はいまだに信じられない気分だったが、いま目の前で、はっきりと鸚鵡という鳥が喋っているのだから、否定のしようもない。その後も鸚鵡は「ミツヤミツヤ」と鳴きつづけ、やがて疲れたのか、しだいに声をかすれさせ、勘八の腕のなかで丸くなってしまった。

「比野さま、この子は」

「ええ、怪我をしているようですね」

おとなしくなった鸚鵡の羽のあたりを、勘八はやさしく撫でている。藍色と朱色とが混じった色鮮やかな羽の、右側の付け根あたりにほつれが見えた。その下に、怪我をしているらしかった。この蓬山園に飛んでくるまでのあいだ、どこかに羽をぶつけたりして、傷ついてしまったのだろうか。

「骨が折れていなければよいのですが」

すぐさま居間に戻り、鸚鵡を診察台に寝かせた勘八は、慣れた手つきで羽を閉じたり開いたりし、骨は無事であることを確かめると、羽がほつれて傷を負っている箇所を、水でよく洗浄し、軟膏を塗りこんだ。

あざやかな手つきだった。

亥乃がおもわず見入ってしまうほどだ。

鸚鵡に向き合う勘八が、傷ひとつ見逃すまいと目を走らせている。根底にあるのは、獣たちに対するやさしさによるところだと、亥乃にはよくわかった。

「やさしい方だな……」

診察と治療を終えた勘八を見つめながら、亥乃は、ほぅっとため息をついていた。

いっぽう、鳥好き殿さまの重豪も、家臣の手並みに満足そうにうなずいている。

「よしよし、よくやったな。これで怪我はひとまず大丈夫として。いったいぜんたい、こいつはどこから飛んできたものかな。それに『ミツヤ』とは、どういうことだろう」

「飼い主の名前でしょうか」

「それとも、飼われていた場所か」

あるいはまったく別の意味なのか。重豪はじめ、勘八も堀田研之助も腕を組んだまま考え込んでしまうなか、亥乃は、ふとあることに思い当たった。

「もしかして」

「亥乃さんは、なにか心当たりがおありかな」

「ミツヤ……というのは、もしかしたら三津屋のことではないかしら」

「三津屋？」

薩摩藩の三人がいっせいに問いかけてくるので、戸惑いながらも亥乃はこたえた。

「三津屋は、あたしが居候させてもらっている船宿なんです。今日連れてきた饅頭猫も、おかみさんの飼い猫なのですが」

「ふむふむ」

「この辺りで他に『ミツヤ』という店はないはずです」

「つまり三津屋さんがかかわっていると？」

重豪の横から勘八が問いかけてきたので、亥乃はうなずいた。

もしかしたら「ミツヤ」と連呼する鸚鵡について、三津屋がなにか知っているのではないか。たとえば昔、飼ったことがあるとか、預かったことがあるとか。それで鸚鵡は、「ミツヤ」と覚えたのではないか。

確かではないが、可能性はなきにしもあらずだ。

そこで勘八が自ら申し出た。

「では、わたしも亥乃さんと一緒に、三津屋さんに行ってみましょうか」

「ほかに手がかりもないことですし、お願いします」

亥乃と勘八がすぐさま行動にうつろうとしたところで、それを見ていた重豪が、朗らかにのたまう。

「勘八よ。もし、その鸚鵡が三津屋さんのものでもなく、ほかでも引き取り手がわからないようだったら、いつでもわしが引き受けるから、ぜひ貰い受けておいで」

「……殿は、そのほうがよい、といったご様子ですね」

「はっはっは、珍しい鳥はいつでも大歓迎だよ。三津屋さんの饅頭猫はひとまずわしが預かっておくから、さぁさぁ行っておいで」

獣好きの家臣の主君は、家臣に負けず劣らず、獣好きな殿さまなのであった。


その日の夕暮れどき。

目黒川沿いで船宿を営む三津屋では、たいへんな騒ぎが起こっていた。主人の善三は右往左往しているし、妻のおひさは、通いの岡っ引きたちに、「あんたらも鳥を探しておくれ！」と頼んでいるところだった。

饅頭猫を重豪に預けた亥乃と勘八が、手持ちの鳥籠に入れた鸚鵡を持って訪ねると、おひさが叫んだ。

「その鳥は！」

叫んだあと、おひさは気が抜けたように、上がり框《かまち》にぺたりと座り込んでしまう。

「あぁ……その鳥は……亥乃ちゃんが見つけてくれたのかい？」

「やっぱり、この鳥は三津屋で預かっていたものだったのですね」

おひさの話によると、蓬山園に迷い込んだ鸚鵡は、今朝がた亥乃が出かけたあとに、三津屋に持ち込まれたものらしい。今日まる一日預かっておく約束だったのだが、先刻、逃げ出してしまったとのことだ。血眼になって探していた鳥が見つかって、おひさばかりでなく、善三も岡っ引きたちも安堵のため息をついている。

「そうかい、鸚鵡は、比野先生の蓬山園に逃げ込んでいたのかい」

「鸚鵡が『ミツヤ、ミツヤ』と喋るものだから、もしかしたらと思って連れてきてみたんです」

「あぁよかった……昼頃に鳥籠に餌を入れようとしたら、飛び出してしまってね。めったに見られない珍しい鳥だと聞いていたから、もし見つけられなかったら、店じまいでもしてお詫びするしかないと思っていたところなんだよ」

「見つかったのはよかったとして。おひささん、どうして急に三津屋で鸚鵡なんかを預かることになったの？」

亥乃が問うと、腰を抜かしたまま、おひさは鸚鵡を預かることになった経緯を語る。

「ちょっとした手違いだったんだよ」

鸚鵡が三津屋に運び込まれたのは、前述した通り、今朝がた亥乃が出かけてからだ。

何の前触れもなく、大きな鳥籠を持った男が、「お探しの珍しい鳥が見つかりましたので、お届けにあがりました」と、鸚鵡を持ち込んだのだ。しかし三津屋では、鸚鵡を届けるよう頼んだ覚えはない。

おひさがそう告げると相手の男は、

「おかしいなぁ、依頼主から、たしかに三津屋さんに持って行けと言われているんですが」

と言い張るし、鸚鵡は鸚鵡で「ミツヤミツヤ」と鳴きわめく。

おひさは、なにがなにやらわからない。

「でもさ、どうしたって、うちでこんな珍しい鳥を飼う余裕なんてあるわけないだろう、よく確かめてくれと言ったのさ。で、依頼主とやらの話を聞いたら、うちではなく、品川宿の三井屋《みつい や》さんに持って行く鸚鵡だったってことなんだ」

三井屋とは、ここからさほど遠くない品川宿にある両替商だ。

つまり、鸚鵡を運んできた男は、届け先を「三津屋」と「三井屋」で混同してしまっていたらしいのだ。

男に依頼主へ出向いてもらうと、やはり鸚鵡は三井屋に届けるはずのものだとわかった。男は「とんだ勘違いで失礼しました」と平謝りし、もうすこしの間だけ鸚鵡を預かってもらえないか、と言ってきた。

「これから三井屋さんのほうにも説明して参りますので、それまでどうかお願いします。暮れまでには、万事話をつけて、引き取りに参りますので」

頼まれればいやとは言えない。たかだか数刻のことだ。そこで三津屋では、今日一日、夕暮れ時まで鸚鵡を預かることになった。

ところが、そんな折にかぎって、鸚鵡が逃げ出してしまったのだ。うっかり安請け合いをしてしまったせいで、おひさも命が縮む思いをしたことだろう。

ひととおりわけを聞いた亥乃は、おひさを労いながら言った。

「事情はわかりました、大変でしたね、おひささん。それにしても鸚鵡の逃げ込んだ先が、蓬山園でよかった。ほかのところだったら、どこかへ売り飛ばされていたかもしれない」

「ほんとうだよぉ、助かったよぉ。ありがとう、亥乃ちゃんも比野先生も」

いまにも泣き出しそうなおひさだったが、頃合いよく、おもてから「ごめんください、三井屋の者です」と声がかかった。

鸚鵡を迎えに三井屋の遣いが来たらしかった。

「三井屋さんのお遣いだわ」

「ちょうど来ましたね」

亥乃は勘八と顔を見合わせてから、おひさのほうを振り返る。

「おかみさん、あたしが出ましょうか」

「そうしてくれるかい、あたしゃ腰が抜けて立てそうにないよ」

亥乃が申し出ると、鸚鵡の失踪からほうぼうを走り回ったのだろう、おひさは、上がり框に座り込んだまま言った。

うなずいてから、亥乃は表戸を開ける。

軒先にはふたりの人物が立っていた。ひとりは四十絡みの男で、もうひとりのほうが亥乃の目を引いた。二十をいくつか過ぎたくらいの、整った顔立ちの女だ。すこし化粧が濃いが、色香ただよう美人だった。

亥乃は、来客に頭を下げる。

「お待たせいたしました。三井屋さんのお遣いの方ですね?」

「はい、あるじより鸚鵡を引き取ってこいと申し付かって参りました。仲介の手違いでとんだご迷惑を。三津屋さんには、よく詫びを言ってこいと言われております」

「……どうも、ご丁寧に」

亥乃はあらためて、三井屋の遣いを見た。

別段どうということもないやり取りだし、言葉遣いも丁寧だが、女の態度に亥乃はすこしだけ違和感を覚えた。世にも珍しい、三井屋にとっても大切なものであろう鸚鵡が見つかったというのに、女はすこしも嬉しそうではないのだ。くわえて女につき従っている男が、お店者のわりに殺伐とした気配だ。顔には向う傷があるし、小袖を着崩して身につけている。

それでも、三井屋の遣いが来ることは、おひさが言っていたので間違いないのだし、鸚鵡を引き渡さないわけにはいかない。

亥乃はおそるおそる、鸚鵡が入れられた鳥籠を相手に手渡す。

「こちらが、お預かりしていた鸚鵡です」

「ほい、ありがとうよ」

女に代わり、男のほうが鸚鵡を受け取るために手を伸ばしてきた。すると女が横から鳥籠をかっさらい、鳥籠の上に黒い布をかけて担ぎ上げる。男は舌打ちしたが、そしらぬ顔だ。

「たしかに受け取りましたよ。では、あたしらは急ぎますんで、これで」

「あの、すこし待っていただけませんか」

「なんです？　まだなにかおありで？」

「はい。じつはその鸚鵡、羽に怪我をしているのです。手当てはしましたが、しばらく安静にさせておいたほうがいいと思うので、怪我がどんな具合か、お教えしておいたほうがよいと思うのですけど。薬もお渡ししたいですし」

「それには及びませんよ」

　女はつめたく突きはなして言った。鸚鵡に対して憎しみを抱いているのではないかと、勘繰りたくなるほどだ。

「怪我なんてほうっておけば治りましょう。なにより獣相手に、高価な薬なんかいりません」

「でも……」

「主人も待っておりますので、あたしたちはこれで失礼させていただきます」

　三井屋の遣いたちは早々に会話を断ち切り、亥乃たちに背を向けた。

　それらを見送ってから亥乃は、ちらと、かたわらに立つ勘八を見上げた。すると勘八もまた、鳥籠を持って退散していくふたりの後姿を、訝しげに見つめている。

「なんだか、いやだな」

「比野さま？」

「鳥籠をあんなふうに乱暴に運んで、怪我のことも気にも留めないで。あの人たちに、生き物を預かっているのだという自覚はあるのでしょうか」

「たとえば人が乗った駕籠をあんなふうに大きく揺らして、雑に扱ったりはしませんものね。自覚がないのか……それとも」

「それともなんです？　亥乃さん」

「いまの女の人、まるで鸚鵡を憎んでいるようにも見えました」

「憎む」とつぶやいて、勘八は哀しそうに表情を曇らせた。

「なにがあったかは知りませんが、傷の痛みも訴えられない獣たちを、どうして憎むことなんてできるのか」

勘八には珍しく、声にすこしだけ怒りがこもっているかに、亥乃には思えた。

――比野さま、怒っていらっしゃる？

おだやかな表情は、いつもと変わりはない。胸のうちの思いは測りかねる。でも、きっと勘八は怒っているのだろうと亥乃は思った。相手が人間の力に抗えない鳥や獣であるからこそ、それらを乱暴に扱う者が、おそらく勘八は許せないのだろう。

「あんな人たちがいる店に引き取られるなんて、鸚鵡がかわいそうだ」

どこか不穏なものを感じ取ったのか、勘八は唸った。

鸚鵡を手渡してしまった亥乃も、しだいに不安にかられる。

「三井屋さんの遣いというのは、まさか嘘じゃありませんよね？」

「あの人たちを追ってみませんか、亥乃さん」

「追いかけるですって？」

「えぇ、どうもいやな予感がします。三井屋さんが好事家で、ただ鸚鵡を飼いたいというだけなら、もっと大事に扱うだろうし。そうでないとしたら……」

ふだんのおだやかな様子とは違い、緊張した声音で勘八は言った。

「こんなに気にするなんて、おかしいと思いますか？」

「いいえ、いいえ」

自信がなさそうに問いかける勘八に対し、亥乃はかぶりを振ってみせる。

勘八がここまで言うからには、さきほどの男たちの態度に、よほど不審を抱いているということだろう。亥乃も、鸚鵡のことが気にかかった。

「行ってみましょう、比野さま」

おひさにひと言断り、亥乃は、勘八とともに、三井屋の遣いを追うためにおもてへ飛び出した。

両替商三井屋は、品川宿の町人街の一角に店を構えていた。

高輪界隈は武家屋敷が多いため、お武家さま相手に大口の貸し借りをし、儲けを出しているそうだ。武家には評判がよいが、いっぽうで町人相手には取立てが厳しいとの噂もある。

鸚鵡を迎えにきた遣いふたりが、ほんとうに三井屋に帰るのかどうか。

亥乃と勘八がすこし間を置いて後をついて行ってみると、たしかに遣いふたりは裏口から店のなかへ入っていく。

亥乃と勘八は通りの向いからしばらく様子を眺めていた。

しばらくして、柄の悪そうな男だけが裏口からあらわれた。男は店のほうを振りかえって、なにやら悪態をつきながら地面に唾《つば》を吐いている。

「ちっ、やってられねぇ、これっぱかりの手間賃かよ。もうすこし色をつけてくれてもよさそうなもんじゃねぇか。女ひとりじゃ心もとなかろうと、ついていってやったのに」

女は出てこないから、もともと三井屋の店者なのだろうか。男はその場しのぎで雇われた用心棒といったところか。

「これっぱかりしか貰えねぇとわかっていりゃ、あんな妙ちきりんな鳥、よそへ売っぱらってやりゃよかった」

騙されたぜ、と大声でわめき散らしながら男は歩み去っていく。その言動は、やはり柄がよろしくないし、こんな男たちを雇う三井屋も、あまり信用が置けそうもない。亥乃はますます気がかりになって、となりの勘八に尋ねた。

「ねぇ、比野さま、わからないのですけど。三井屋さん自身が飼うつもりではなく、鸚鵡を取り寄せたとしたら、どうしてそんなことをするのかしら。いまの男の人も、もうひとりの女の人も……」

「鸚鵡をかわいがっているふうには、見受けられませんね。あんな遣いの者を寄越してくるくらいですから、三井屋の主人も、鸚鵡を大切にかわいがるために取り寄せたのではない気がします」

では、いったい目的はなにか。勘八はいつになく険しいおももちだ。

亥乃は、勘八の横顔を見る。ふだんはおだやかな表情も、いまは厳しく引き締まっている。

男の姿が通りの向こうへ遠ざかっていくと、それを見送った勘八が、「行きましょう」と、いきなり亥乃の手を摑んで、三井屋に向かって歩き出した。

「行きましょうって、どこへ？　比野さま？」

「主人にじかに聞くのです」

「なにを？」

「鸚鵡をどうするつもりなのかを、です。いちばん手っ取り早い」

「そりゃ手っ取り早いですけど、ちょっと、比野さま」

ふだんはおとなしい男だが、鸚鵡のことが気になっているいまは人が変わっていた。

亥乃が止める間もなく、勘八は「ごめんください」と、三井屋の暖簾《のれん》を大きく跳ね上げ、店に押し入ってしまう。こうなっては、亥乃も、もはやついていくしかなくなった。

三井屋の店のなかに入ると、当然といえば当然だが、どこの田舎侍と小娘がやってきたのかと、番頭や使用人がじろりとこちらを睨んでくる。

「どちらさまですかな。両替をご希望で？」

「いえ、三井屋のご主人にお話があります」

「三井屋のあるじは、わたしですが。いったいどんなご用でしょうかな」

番台の奥から、男がのそりと立ち上がった。名乗った声は、しゃがれていて、どこかいやらしい。ましてや声の主の顔は、声以上にいやらしい感じだった。まん丸に肥えた顔のなかに、小さな目が鋭く光っており、こちらを値踏みしてくる。

亥乃たちを、「金になる客かどうか」と見ているのだろう。そして「金にならぬ者」と即座に断じると、すぐに横柄《おうへい》な態度にすげかえる。かたわらの小僧に、「お引取り願え」と、用件を聞くでもなく応じた。

だが、このときばかりは勘八も食い下がる。

「すこしだけでいいのです。お話をお伺いしたい」

「いったいなんの話だ？」

「三井屋さんは、どうして鸚鵡を取り寄せられたのですか？　それをお聞きしたいのです」

「鸚鵡だと？」

「はい、南蛮《なんばん》渡来の鮮やかな色をした、たいへん珍しい鳥です。さきほど遣いの方が裏口から持ち込んだはずです」

「はて、なんのことやら」

三井屋は白を切りとおすつもりらしい。それこそが後ろ暗い証拠だ。小僧に店から出るよう押し返されながらも、なおも勘八はつづけた。

「あやまって三津屋に持ち込まれて、いましがた、あなたがたの遣いが引き取ってきた鸚鵡のことですよ。あの鸚鵡は怪我をしていたので、わたしが傷の手当てをしました。お遣いの方に、怪我について説明しようと思ったのですが、急いで帰られてしまったので、あとを追いかけてきたのです」

「あんたら、三津屋の人たちかい」

事情を悟ると、三井屋のあるじは、あらためて小さな鋭い目で、亥乃と勘八を値踏みする。

「ふん」と鼻息を鳴らしたあと、先刻よりは、すこし語調をやわらげた。

「そうかい、怪我の手当てをしてくれたのかい。そいつはありがとうよ」

「渡しそびれてしまったので、傷薬をお渡ししたいのですが」

「あぁ、そういうことなら、受け取っておこう」

「お渡しする前に、もうすこしだけ、いくつか聞かせてください。遣いの方は薬などいらないとおっしゃったが、なぜですか。怪我をしているところはわかりますか。そもそも、三井屋さんは、鸚鵡の扱いに慣れていらっしゃいますか。以前にも、飼われたことはあるのですか？　飼っていたとして、なんのために飼っておられるのか」

矢継ぎ早に問いかける勘八に、うんざりとしたため息をつきながらも、三井屋はこたえた。

「もちろん、鸚鵡は何度か飼ったことがあるよ。長崎から取り寄せたり、好事家から譲り受けたり。いやはや、今回の鸚鵡も大切に飼っていたのだが、籠を開けた小僧がうっかり逃がしてしまってね。知り合いに探してくれと頼んでいたんだ」

「なるほど」

「で、見つかったら、うち——三井屋に届けてほしいと頼んであったのに、間違って船宿三津屋さんに届けてしまったんだな。もちろん、きちんと伝えなかったこちらの不手際だし、三津屋さんには迷惑をかけた。その上、わざわざ鳥の怪我まで見てくれたと？　重ね重ね礼を言わせてもらうよ。だが、あとはうちで面倒を見るから、これ以上の気遣いは無用だ。どうかこのあたりで、お引き取り願いたいのだがね」

「………」

態度はいくらかやわらかくなったとしても、三井屋のあるじの、ずるそうな目つきは変わらない。

勘八はまだ諦めきれず、言葉をつづけた。

「お願いします。念のために、怪我の箇所と、治療法を説明させてもらえませんか」

「いいかげんしつこいね、かまわないでくれと言ってるだろう。それとも、力ずくで出ていってもらわないといけないのかね？」

三井屋のあるじが言うと、まわりの番頭や使用人たちも、色めき立つ。

使用人のうち何人かが番台から土間のほうに回ってきて、勘八に摑みかかろうと身構えた。

「比野さま、いったん引き上げましょう」

不穏な気配を感じ、亥乃は勘八の腕を引っ張った。

勘八はなおも立ち去りがたいといった様子だったが、その場の緊張が、突如やぶられた。

店の奥へつづく暖簾の向こうから、ぎゃっとけたたましい鳴き声が響いたのだ。つづいて、鳥が羽ばたくような激しい物音と、「鸚鵡が逃げたぞ」という男女のあわてふためいた声も聞こえてくる。

亥乃と勘八は目配せをした。

「鸚鵡が逃げた」「また、あの鸚鵡だ」と、暖簾の奥から、はっきりとそう聞こえたあと、三井屋の主人が舌打ちしている間に、亥乃と勘八はすでに三井屋から駆け出している。

表通りに飛び出した亥乃たちは、空を見上げた。

すると、夕暮れ空に、一羽の鳥が飛び立っていくさまが見えた。藍色と朱色の入り混じった翼を広げ、鸚鵡はどこかへ飛んでいく。

「追いかけましょう、亥乃さん」

「もちろんです」

往来の人たちが、「なんだなんだ」と呆気に取られて空を見上げるなか、亥乃と勘八は、鸚鵡のあとを追って走った。

鸚鵡を追って、どのくらい走っただろうか。

鳥ではない身としては、まさか大空を羽ばたくわけにもいかず、橋をわたり、路地を曲がり、人や物を避けつつ、羽ばたく鳥を追いかけるしかない。

幸いなことに鸚鵡は、亥乃たちの息が切れる前に空から舞い降りてきた。品川宿の町人街のはずれ、亀橋が見えてきたあたりにある路地裏へ、鸚鵡は消えていく。

亥乃たちも、そこを目指して追いかけた。

表通りから裏道に入ると、薄暗いなかに裏長屋がつづいていた。路地のどんづまりに、表戸がわずかに開いている部屋があった。

ほかの部屋はすべて戸が締め切られているから、もしや鸚鵡は、その部屋へ入ったのだろうか。

「ごめんください」

「勝手に入ります……すみません」

おそるおそる挨拶をしながら、亥乃と勘八はわずかに開かれた戸の奥をのぞいた。日も暮れようというのに、部屋のなかは明かりも灯されず薄暗いままだ。だが、人の気配はする。目を凝らすと、居間には夜具が敷いてあり、そこに半身を起こした者が、かすかに身動きしたようだ。

もう一度、亥乃が声をかけようとすると、奥から、

『ミツヤミツヤ』

という例の鳴き声が響いてくる。

亥乃と勘八はうなずき合った。ここに鸚鵡が飛び込んだことは間違いない。ふたたび声をかけるのは思いとどまり、部屋の奥の様子をたしかめる。

部屋のなかは薄暗くてはっきりとしないが、夜具に半身を起こした人物は、片手を上げて鸚鵡を止まらせているようだ。「ミツヤ」という鳴き声はなおもつづく。だが、先刻とは違い、その鳴き声は、まるで人が喋るように、やさしく呼びかけるようである。

家主のほうもまた「よく帰ってきた」と、鳴きつづける鸚鵡の頭を撫で、ついで背を撫で、羽を撫でていとおしんでいた。

やがて家主は「おや」と手をとめ、鸚鵡の体を念入りに見つめている。

「お前、怪我をしているのか、飛んだときに、どこかにぶつけたんだな」

「もし、ごめんください」

今度は亥乃が、はっきりと部屋の奥へと声をかけた。

すると家主は、やっとこちらに気づき、不審そうに身じろぎした。自らの体を盾にし、鸚鵡をかばおうとすらしている。

「だ、誰だ？」

「あやしい者ではありません。鸚鵡のことで、すこしお伺いしたいのですが」

「いやだ、こいつは渡さん。帰れ、帰ってくれ！」

相手はこたえるなり、激しく咳き込みはじめた。あまりにも苦しそうな咳をするので、亥乃が戸を開けはなち、あわてて奥へあがっていく。

「大丈夫ですか？　お水を持ってきましょうか」

「入るな、勝手に入ってくるんじゃない、三井屋の手先めが。鸚鵡は、わしのもとがいいと、こうして帰ってきたんだ。なのに性懲りもなく、また取り返しに来たのか。なんといわれようと、この鸚鵡は二度と渡さんぞ」

「違います、あたしたちは……」

「なにが違うものか、なけなしの銭を根こそぎ奪い、娘を奪い、鸚鵡まで奪うつもりか。こいつまで奪われたら、おれは死んでも死にきれねぇ」

そこまで言って、家主の咳はますます激しくなる。亥乃が水桶から汲んできた水を与え、何度も背中をさすってやることで、すこしは息がしずまってきた。

なおも亥乃は家主の背中をさすりつづけ、いっぽう勘八は、おどおどとしながらも家主にかけあった。

「ご主人、落ち着いてください。わたしたちは三井屋の者ではありません」

「……では誰だというんだ。わしの鸚鵡に何の用だ」

「こちらは、ご主人が飼っている鸚鵡なのですね。あなたが鸚鵡のことを大切にされていることはわかります。えぇ、わかるのです。わたしもおなじですから。あなたは、この子の怪我をすぐに見抜いた。鸚鵡のことをよく知っていなければ、わからないことでしょう」

「あんたらは、いったい何者だ」

家主の咳がおさまったので、亥乃と勘八はあらためて非礼を詫びてから、部屋に明かりを灯し、床に正座をしてかしこまった。

わずかな明かりが灯ると、家主の様子がよく見えてくる。

家主は六十絡みの老人だった。病を患っているらしく、やせ衰え、顔色も悪い。それでも亥乃たちを睨みつける眼光は鋭かった。

相手の眼光にすくみあがっている勘八は、それでもどうにか己をふるいたたせ、自ら名乗った。

「わたしは、島津家に仕える比野勘八と申します。獣医者をしております。こちらは臨時廻り同心のお嬢さんで、亥乃さん。今日、たまたま高輪の家中に鸚鵡が飛び込んできたところ、怪我をしていたので手当てをしました」

「で、この鸚鵡がしきりに『ミツヤ』と鳴くものですから、それを手がかりに、飼い主を探していたのですが……」

かくかくしかじかと、勘八の代わりに亥乃が割って入った。

わけをひととおり聞いた家主は押し黙る。亥乃たちの言が嘘か誠かはともかく、鸚鵡を手放さないまでも、いったんは怒りをしずめてくれた。

眼光からも鋭さが消え、亥乃を見つめる目には、わずかなぬくもりさえ宿ってい
た。

「事情はわかった。まずは戸を閉めてくれ、こいつが逃げてしまったら困る」

家主に言われるがまま、亥乃は戸を閉めてから、ふたたび家主の前にかしこまった。

「お爺さんは、いつから鸚鵡を飼っているのですか」

「お爺さんというほど、老いちゃいねぇつもりだったがな」

しわがれた声で反論するものの、家主の鬢《びん》はまっしろで、顔中が皺深い。見た目ほど年はいっていないのかもしれないが、体中に苦労が刻まれている。

皺が目立つ節くれだった手で、鸚鵡の体を撫でながら、家主はつづけた。

「おれぁ治助《じすけ》っていう、しがない彫り師だ。いや、彫り師だった、というべきか。この通り体を壊して廃業したが、ほんの数年前までは、それなりの評判をもらっていたつもりだ」

「ええ、わかります」

神棚の横に置いてある道具を見上げ、亥乃はうなずいた。きれいに研がれたノミが、治助という男の、職人としての腕前と矜持《きょうじ》を物語っていた。

治助は、鸚鵡を飼いはじめた経緯を語ってくれる。

「まだ彫り師としてやっていた頃、名もそれなりに知られるようになったんで、工房を広くしようとしたんだ。ある空き屋を買い取って、改修して、もっともっと注文をさばくつもりだった。しかし、欲をかいたのがいけなかったか……その矢先に腰を痛めちまってな、起き上がることもままならなくなった。それでも普請《ふしん》は頼んでしまっていたから、金は払わなくちゃならねぇ」

「そこで三井屋さんに、金子を借りた、というわけですね」

「返すあてもなかったが、普請にかかった金を、用意しないわけにはいかなかったのさ」

そして借金と利息だけが残ってしまったと、治助は悔しそうに語る。

「情けねぇ話だ。女房は心労で倒れちまうし、娘はすこしでも多く稼がなくてはならねぇと、よそへ奉公に出ちまう。おれぁ寝たきりで、なにもできねぇ。死ぬこともできねぇ。うちに迷い込んできた鸚鵡に、愚痴をこぼしたりしながら、ただただ生き永らえることしかできなかったんだよ」

藍色と朱色の美しい鸚鵡は、治助が寝たきりになった頃に、長屋に飛び込んできたのだという。やはり、どこからか脱走してきたのだろうか。見世物小屋か、どこぞの好事家のところからか。江戸の町に迷い込んだ舶来の鳥は、治助の長屋に辿り着き、そこに落ち着いた。人なつこい鸚鵡は、孤独な治助の心を癒してくれた。

亥乃は、それでも納得がいかないことがあり、さらに尋ねる。

「でも、そんなにかわいがっていたのに、どうして鸚鵡を手放したんですか。治助さんの家からも逃げ出してしまったのですか？」

「それは……」

「おそらく、すこし事情が違うでしょう」

亥乃の問いに、勘八が、治助の代わりにこたえる。

「三井屋の人たちが、鸚鵡を連れていこうとしたんですね。借金のかたに。あなたは、そうなることを嫌って、わざと鸚鵡を逃がした。違いますか」

治助は驚きに目をみはったあと、ゆっくりとうなずいた。

「比野さまのおっしゃるとおりでさ。三井屋の野郎は、おれが金を返せなければ、鸚鵡を連れていくと言ってきた。やつらは、きっと鸚鵡を見世物小屋にでも売ってしまう。小屋に売り飛ばされれば、鎖に繋がれたままひどい扱いを受けて、死ぬまで見世物にされるんだ。そんなこと、かわいそうで仕方がなかった。だから、三井屋が鸚鵡をよこせと言ってきたとき、こいつを逃がそうと思った。二度と戻ってくるなと、わざと叩いたりして。それで驚いちまって、部屋のなかで無茶苦茶に飛びまわって、どこかにぶつけて傷をこしらえちまったんだろう。逃がすためとはいえ、すまねぇことをした」

　言い終えてから、治助は涙ぐむ。亥乃は息を呑んだ。

「では、この子が怪我をしたのも、逃がしたのも、治助さんが……」

　ところが、ひどい仕打ちをしてまで逃がした鸚鵡も、けっきょくは巡りめぐって三井屋に見つかってしまった。鸚鵡が「ミツヤミツヤ」と覚えた言葉を発したばかりに。

　治助が話し終えてから、亥乃も勘八もかける言葉が見つからない。それでも、亥乃が、どうにか相手をはげまそうと口を開きかけたところ、おもてからまた別の人物の呼びかけが聞こえてきた。

「なるほどね、そんなこったろうと思ったよ」

　さきほど閉めた表戸が、軋みをあげて開いた。亥乃たちが振り返ると、女がひとり敷居をまたいでくる姿があった。

「みつ」

治助はかすれる声で、土間に立つ女の名を呼んだ。

みつ、と呼ばれた女には、亥乃たちにも見覚えがあった。先刻、三津屋に鸚鵡を引き取りに来た女に間違いなかった。

おみつは治助を見ずに、亥乃と勘八のほうに美しい流し目を向ける。

「おやおや、また、あんたらなのかい」

その後、おみつは、誰にもはばかることなく部屋にあがりこんだ。亥乃はおもわず非難の声をあげていた。

「ちょっと、なんですかいきなり。あなたはいったい治助さんの……」

「この男の娘さね」

「娘さん？」と、亥乃が治助のほうをうかがうと、治助は弱々しくうなずいている。

みつという女は嘘を言っているわけではなさそうだが、娘だと言いながらも、父親を見る目はつめたい。

「なにをしに来た、みつ」

父親が問うと、おみつは薄笑いをしながらこたえた。

「決まっているじゃないか、逃げた鸚鵡を追ってきたのさ。捕まえていけば、三井屋に褒美がもらえるかもしれないしね」

「なんだと……」

「どうしてそんなことをするの？　おみつさん、この鸚鵡が治助さんのものだって知っていたんでしょう？　それなのに、なぜ三井屋の手助けをしたりするの？」

亥乃が戸惑って問いかけると、おみつは鼻でせせら笑った。

「鸚鵡が憎いからさ。おとっつぁんが、あたしら身内より大切にしているこの鸚鵡がね」

「どういうこと？」

「あたしは三年前から三井屋ではたらいているのさ。いや、はたらかされている。もちろん、父親がこしらえた借金を返すためにね。まったく身の程をわきまえた仕事をしていればいいものの、他人におだてられて、のせられて、工房を大きくしようなんて欲をかいたせいで、このありさまだ。おっかさんは心労で死んじまう。娘のあたしは、自分が作ったわけでもない借金を返すため、借金している相手の家に入って、悔しい思いをしてはたらいているというわけさ。それなのに、借金をこしらえた当人は、呑気に鸚鵡相手に遊びながら寝て暮らしているんだから、いい気なもんさね」

娘の苦言を、治助は痩せた体を丸め、黙って聞いている。その姿を見るにしのびなく、亥乃が代わりにこたえた。

「おみつさん、そんな言い方をしなくてもいいじゃない。治助さんだって、体さえ動けば、借金を返すためにはたらきたいはずなんだから」

「べつに、あたしは奉公がいやだと言っているんじゃないんだ。借金を返し切る目処もついたしね。ただ、体が動かないおとっつぁんだって、やれることがあるだろう？」

おみつは、鸚鵡を手放そうとしない父親を、きつく睨みつけた。

「三井屋に鸚鵡が連れてこられるとわかったとき、あたしはすこし期待しちまったんだ」

「期待？」

「あぁ、おとっつぁんは、あんなにかわいがっていた鸚鵡を売り払って、あたしをおつとめから解きはなってくれるのだと、期待したんだよ。まだ家族を大事に思ってくれていたんだってね。だけど間違いだった。三井屋に渡すのがかわいそうだから逃がしたって？　あきれたよ、けっきょく、じつの娘よりも鸚鵡が大事だっていうんだから」

「おみつさん、もうやめて……」

　自分をかばおうとする亥乃を手で制しておいて、治助は、苦しげに咳き込んでから、娘のほうに向き直った。

「おみつよ……」

「なんだい、言い訳があるんなら聞いてやるよ」

「おめぇに言い訳することなんぞねぇよ。まったくもって、おめぇの言うとおりひどい父親だ。だがな、頼む。鸚鵡を捕まえることはやめてくれ」

「この期に及んでまだ鸚鵡のことかい？　もういい、これ以上、あんたに聞きたいことはない」

「いいから、おみつ、最後まで聞いてくれ。この鸚鵡はなぁ、遠い国から連れられてきて、わけもわからずあっちへやられ、こっちへやられ、不安や泣き言ひとつ吐くこともできねぇのだよ。そこへいくとおめぇは、おれに似ず体も丈夫で度胸もあって、世をわたっていける。不甲斐ない父親の借金だって返そうとしてくれる。だが、こいつにはそんな力はねぇ。見世物小屋に売られてひどい扱いを受けたとしても、逆らうことさえできねぇのだよ」

「だからなにさ、だからかわいそうだって？　そんなのが免罪符になるとでも

「……」

怒りのせいか、それまで余裕の笑みを見せていたおみつが、顔を朱に染める。

「そんなもので、おっかさんを心労で死なせたことや、娘をほうったらかしにしていることへの、言い訳になると思っているのかい！」

おみつが激昂した、直後だった。

『ミツヤ、スマネエ、ミツヤ』

これまで聞いたことがなかった鳴き声を、突如、鸚鵡が発した。

場が、しんと静まり返る。

おみつは、父親の腕のなかの鸚鵡を見つめた。

「すまねぇって、いま、そう言った？」

「………」

「すまねぇってなに。『みつや、すまねぇ』って」

鸚鵡は、飼い主がよく語りかける言葉を真似て、それを覚え、よく似た音で鳴くことができる。もちろん意味などわかってはいないだろう。だが、近くにいた者が、それこそ日に何度も何度も口にする言葉を覚え、発するのだ。

「みつや、すまねぇ」

治助は、動けない体を横たえ、己の不甲斐なさを覚えながらも、娘に直接詫びることもできず、娘の名を呼びながら「すまない」と何度も語っていたということなのか。

「なに、それ」

それまで肩をいからせていたおみつが、弱々しくうなだれて、顔を両手でおおう。

「そんなこと、鸚鵡なんかに伝えず、じかに言ってくれなきゃ、わからないじゃないのさ」

「すまねぇ、いまさら許してはもらえねぇと思い、言い出せなかった。だが、おめぇには、ほんとうに申し訳ねぇと思っている。すまなかった、みつや」

『ミツヤ、スマネェ、スマネェ』

たがいに思い合いながらも素直になれない父と子を取り持った、色鮮やかな舶来の鳥は、美しい声で鳴きつづけるのだった。

治助が鸚鵡を飼いはじめたわけと、鸚鵡が逃げた経緯、そして治助とおみつのかかわりなどが、すべて明らかになった。

鸚鵡が治助のもとに帰ってきたその日、父と娘は夜更けまで語り合い、これまでの互いの誤解やわだかまりについて、とことん突き詰めたらしい。娘になにかしてやりたかったが、なにもできなかった父親。父親を助けたいと思いながらも、日々のつとめに疲れ果てていた娘。ゆっくりとでもいいから、助け合って借金を返していこうと話し合いがついたのだった。

翌日もまた、亥乃と勘八は治助の長屋を訪ねた。亥乃は治助の様子をうかがうため、勘八は怪我をしている鸚鵡を診察するためだ。

昨日いったん三井屋に帰っていたおみつも、父親のもとに来ていた。

亥乃は、おみつ親子が話し合いをはじめたことに安堵した。おみつもまた、父親との和解の道がすこしだけ見出せたところで、意外なことを語った。

「あたしね、おとっつぁんの鸚鵡を三津屋さんに引き取りに行ったあと、じつは、この子を逃がそうと思ったんだ」

しわぶく父親の背中をさすりながら、おみつは照れくさそうに笑う。

「じゃあ、あたしたちが訪ねていったとき、三井屋さんから鸚鵡が逃げ出したのは」

「あたしが鳥籠を開けたの。わざと、ね」

亥乃とおみつは、ほぼ同時に吹き出す。昨日までいがみあっていたとは思えないほどの間合いだ。父ひとり娘ひとりの境遇どうし、どこかで気が合うのかもしれない。

おみつが言うには、この三年、三井屋で懸命に奉公してきたおかげで、じつは父親の借金をほぼ返済しきっているのだという。今年中には利息の分も返し終え、おみつも奉公から解放されるはずだった。だが狡猾な三井屋は、その事実を治助には告げず、さらに金を搾り取るために鸚鵡を奪いにきたのだという。

亥乃はあきれてため息をついた。

「ひどい人たち、三井屋の連中ときたら」

「そうなの、弱いものからとことん搾り取る。それがあいつらのやり方。あたしの年季が明けるときも、どんな言いがかりをつけられるかわかったもんじゃない。だからあたし……おっとつぁんの鸚鵡が店に連れてこられたとき、三井屋への嫌がらせのつもりで、鳥籠を開けて逃がしてやったんだ」

「そうだったの」

「ただし」と、おみつは寂しそうに笑う。

「あたしだってこの三年苦労したもの。ただで、おとっつぁんに鸚鵡を返してやるのじゃ、割が合わないと思って。こうしてひとつ文句を言いにきてやったんだけど……」

だが、おみつが文句を言うまでもなく、治助はこの三年、亡くなった女房や、自分の代わりにはたらきに出ている娘に対し、ずっとずっと心で詫びてきたのだ。体が動かなくなった己を呪っていたのだ。自由がきかぬゆえに、鬱々としながらも、いっそのこと自分が苦しい奉公をするほうがどんなに楽だと思っただろうか。その思いを、ずっと鸚鵡相手に語っていたのだろう。「みつや、すまねぇ」と。

「おとっつぁんが、そんなふうに思っていたなんて知らずに、ほとんど見舞いにも来ないで、悪かったよ……おとっつぁん」

苦しげに咳き込む父親に、おみつは湿った声で詫びた。

治助のほうは、涙にぬれる顔を隠そうと、布団にもぐってしまう。わざと寝返りを打って、娘たちに背を向ける。

「詫びなけりゃいけねぇのはこっちだ……おれのせいで借金こさえて、おめぇたちに迷惑をかけちまった。死んで借金がチャラになるのなら、いつだって首でもくくろうと思っていたけども、それじゃあなおさら迷惑がかかろうと、ただただ無駄な日々をやり過ごすしかなかったんだ。情けねぇ、ほんとうに情けねぇ」

「自分で死ぬだなんて、そんなことは絶対にしないでおくれよ、おとっつぁん」

おみつは、ついに堪えきれず涙を流した。

亥乃もつられて鼻をすすり、かたわらで黙然と座っている勘八の袖を引っ張った。

「ねぇ、比野さま」

「はい」

「このままじゃ、治助さんもおみつさんもかわいそう。そのうち三井屋のやつら、鸚鵡を取り返しにくる。おみつさんの年季明けだって、約束通りいくかわからない。そんなの、あんまりじゃない」

「そうですね、それは困りますね」と、勘八も弱々しくうなずいていた。

「なにか、あたしたちにできないかしら」

「えぇと……その、わたしにすこし考えがないことも、ないのですが」

自信がなさそうにつぶやく勘八相手に、亥乃はおもわず身を乗り出した。

「なにかお考えがあるのですか？」

「え、あ、その……わたしが獣医者であることが、すこしは役に立てばよいのですが。もしお許しがもらえたら、治助さんの鸚鵡を連れて、あらためて三井屋さんに出向こうと思っています」

「鸚鵡を？」

勘八がなにをしようとしているのか、このとき亥乃にはさっぱりわからなかった。だが、勘八が鸚鵡を悪く扱うことなどはないと、信じていた。

亥乃は、それまで摑んでいた勘八の袖を、ますますつよく握り締める。

「比野さまがなにをなさろうとも、あたしはついていくだけです。あたしも行ってかまいませんね？」

「亥乃さんもですか？」

「乗りかかった船ですもの、最後まで見守らせてください」

亥乃が意気込むと、勘八は戸惑いぎみながらも、おとなしくうなずいた。


あくる日の昼下がり。

治助の家から鸚鵡を借り受けた亥乃と勘八は、三井屋へ赴き、主人からひどく手篤い歓迎を受けた。

「いやぁさすがは獣のお医者さまだ。獣の動きというものをよくわかっていらっしゃる。まさか、一度ならず二度までも鸚鵡を見つけてきてくださるとは」

一昨日は亥乃たちを邪魔者扱いした三井屋だが、この日は、うって変わった態度だ。しかも「これは鸚鵡を見つけてくださったお礼です」と、懐紙《かいし》にくるんだ金子まで差し出すしまつである。

「いえ、このようなものはいただけません」

もちろん勘八は三井屋からの心づけを辞退した。一見毅然《きぜん》とした態度だが、そばにいる亥乃だけはわかっていた。精一杯の演技をする勘八の手が震えていることを。人嫌いの獣医者が、よくぞ海千山千の三井屋の相手をしているものだ。

「比野さま、がんばって」と、亥乃は心のなかで声援を送る。

「金子はおしまいになってください」

「そうおっしゃらずに。お見受けするに、先生は、ずいぶんとご高名なお医者さまでいらっしゃるようだ。先生ほどご賢明な方でしたら、今回のことも、あまりことを大きくしないでくださるだろうと手前どもも信じております。ですから、どうぞ、ここはひとつ、お受け取り願えませんか」

つまり、金子を渡すから、鸚鵡を手に入れた経緯や、鸚鵡が逃げたこと、鸚鵡をどうしようとしているのかなど、知っていても世間に公にしてくれるなよ、ということである。

それと察した勘八は、この場はいったん三井屋から金子を受け取ることにする。

「はぁ……まぁ、そういうことでしたら」

「さすがは先生、わかっていらっしゃる。それでは、これで手打ちということで」

「では用も済んだので、さっそくお引き取りを」と、三井屋が言おうとした寸前、勘八は、三井屋の言葉を遮った。

「ところで三井屋さん。三井屋さんが、鸚鵡をどこで手に入れ、鸚鵡をどうするつもりなのかは、わたしにはどうでもいいことですが。じつは、ひとつ忠告しておかねばならないことがあります」

「はて？」

一瞬だけ、三井屋の苛立たしげな表情がのぞいたが、すぐに取り繕って、辛抱強く応じる。

「ご忠告とは、いったいなんでございましょう」

「あまり大きな声では言えないのですが、じつはこの鸚鵡、病に侵されております」

「なんですと？」

問い返す三井屋に、勘八は、わざとらしく声をしぼって、ことさらものものしく語りかける。

「とても厄介な病でしてな。獣どうしだけではなく、人間にもうつるものです。はじめは喉の痛み、疼痛《とうつう》など、風邪とおぼしき症状が出ますが、やがて高熱にうかされ寝込みます。熱は十日ほどつづき、熱が下がるまでは、生死の境をさまよいます。名づけて、『鸚鵡病』。舶来の鳥が、海の外から持ち込んだ病であるため、我が国には特効薬もありません」

「……」

はじめは「なんのご冗談を」と薄ら笑いをしていた三井屋も、勘八があまりに深刻そうにするので、しばらくしてから喉もとをおさえた。

「……そういえば、昨晩からなにやら喉がいがらっぽく、やや体もだるいような気がしていたところです」

「なんということだ」

勘八は頭を抱えてみせる。

「それはいけません。もしかしたら、三井屋さんにも鸚鵡から病がうつってしまったかもしれない。ほかには、奉公人の方にも、似た症状がある方はいらっしゃいませんか？」

それを聞いていた番頭のひとりが、

「そういえば、昨晩から三名ほど、熱っぽいので休ませてほしいと、奉公人から願いが出ております」

と、おそるおそる申し出た。

「ほら、御覧なさい！」

さも大仰に、さも大まじめに勘八が言うと、三井屋も、かたわらに控える番頭も、しだいに青い顔になっていく。

「お、鸚鵡病ですと……この鸚鵡が、その病を持っていると？」

「はい、獣に詳しい医者どうしのあいだでは、有名な症状です。海の外から持ち込んだ鸚鵡のうち、だいたい半数は、この病を持っているのです」

「で、厄介な病とおっしゃったが、治るのでしょうな？　治りますよね？」

「さきほども言った通り、特効薬がありません。いまのところ、高熱をなんとか乗り切るしかないようです」

三井屋も番頭も、番台のまわりにいる奉公人たちはいっせいに黙り込み、互いの顔を見比べた。

この時代、伝染病は恐ろしい病で、ひとりが罹患《りかん》すると感染力がすさまじく、周囲にたちまち広がってしまう。特効薬がない病は、非常に恐れられていた。海の外から持ち込まれた病だと言われれば、余計に恐れおののくだろう。

三井屋の顔色を見た勘八はなおもつづける。

「この病は、もちろん見世物小屋にも知られていて、たいへん恐れられています。なにせ、既に飼っている獣たちがすべて患ってしまうかもしれませんからね。当然、病持ちの鸚鵡は買いたがらない。それどころか、お役人に知らされでもしたら、三井屋さんの商いが差し止められる事態にだってなりかねません」

「そ、それは困ります。わたくしどもの商売あがったりです」

「そうでしょうね」

「どうしたらよろしいのでしょうか、比野先生」

ついに三井屋は、勘八にすがりつく。

「たいへん残念ですが、これ以上病が広がらぬうちに、鸚鵡を手離されることです。見世物小屋に売れなくなり損をしたと思われるかもしれませんが、病持ちの鸚鵡を持ってきたと見世物小屋に訴えられ、商いを差し止められるより、よほど損失は少なくてすむはずです」

「手離す、というと？　どこへ？」

さらに三井屋が身を乗り出してきたところで、「もうひといき」と、勘八のとなりに控えていた亥乃が勇み出た。

「鸚鵡は、わたくしどもがお預かりしましょう」

「あなたは？　昨日のお嬢さん……あなた何者です？」

しまった、ついしゃしゃり出てしまった。内心あわてながらも、亥乃はなけなしの演技力をふりしぼって平静を取り繕った。

「あ、あたしは、比野先生の弟子です」

「弟子？　おなごが？」

「おなごでも、なかなか筋がよい。教えがいがあります」

あわてて勘八が言い被せると、三井屋は「そうでございますか」と納得した。納得したというよりは、いまは亥乃のことよりも、自分たちの身の振り方が大事だったのだろう。

ついに観念して、三井屋は、勘八の申し出に従う旨をしめした。

「承知しました。鸚鵡の扱いは、比野先生とお弟子さんにおまかせいたします。残念ですが、わしらも本来の商売が大事。鸚鵡は諦めましょう」

「それがよろしいかと。以後、珍しい獣はむやみに飼わぬことです。特に、舶来の珍しい獣はどんな病を持っているかわかりません。三井屋さんだって、世間の信頼が一番でしょう。伝染病のもとを飼っていたと噂が広まれば、以後の商いに支障が出ますからね。どうぞお気をつけを」

「わかりました、わかりました。獣を扱うのは、気をつけましょう。ですから比野先生、このことは、なにとぞなにとぞ、世間には広まらないようにしてくださいませ。そしてもしできましたら、金に糸目はつけません、人を診てくれる腕のよいお医者さまを、我々に紹介してくださいませんか」

「承知しました。鸚鵡の処置をしましたら、すぐに知り合いの医者に往診を頼みましょう」

「ありがとうございます。助かります。ところで、比野先生……」

「なんでしょう」

勘八が問い返すと、三井屋はすこし様子をうかがうようにして、小声でお伺いを立ててくる。

「じつは、うちでは、その鸚鵡のほかにも、あと数羽の舶来の鳥を取り寄せたのですが」

「……三井屋さんには、まだ舶来の鳥がいると？　それもすべて見世物小屋に売るつもりだったと？」

「は、さようで」

その鳥たちも、病を持っているだろうか。手離したほうがよいだろうか。と、三井屋は己の保身だけを大事に尋ねてきているのだ。

亥乃は、勘八のほうを見た。平静そうに見える勘八の横顔だが、内心は怒りをどうにかおさえているらしいことが、小刻みに震える体から伝わってくる。

勘八は、感情をおさえながら、やっとこたえた。

「……すこしでも、この鸚鵡と一緒にいたのならば、罹患しているかもしれません。一緒に、わたしどもが引き取りましょう」

「そうしていただけると、大変助かります、助かります」

あとは無言になった勘八は、二度と三井屋のほうを見ようとはしなかった。

その姿を見て、亥乃は思う。三井屋のような人間に、勘八の心情は、一生わかりはしないだろうと。

こうして亥乃たちは、三井屋から、鸚鵡と、そのほかの鳥たちを取り返すことに成功した。

「あぁ……疲れた。気持ちが悪い」

三井屋から出るなり勘八は路上にへたりこむ。

苦手な人間相手――しかも、相当に厄介な相手との話し合いをしたのだから、消耗が激しいのも無理はない。亥乃は、うずくまってしまった勘八の背中をやさしく撫でていた。

その横で、あらかじめ亥乃が話をつけておいた、三津屋に出入りしている岡っ引き数人が、三井屋にいた鳥たちを鳥籠ごとせっせと運んでいく。

「これで、あの鳥たちも、いまよりはましな場所で過ごせるでしょうね」

亥乃は安堵のため息をついた。

鳥籠がつぎつぎと運ばれていくのを横目で眺めていた勘八も、やっと落ち着いたのか、ゆっくりと立ち上がる。

「こんなところに長居は無用です。行きましょうか、亥乃さん」

「ええ」

亥乃と勘八は、三井屋を背にして歩き出した。

ふたりとも黙っていたが、先刻の大芝居のことを思い起こしている。

もちろん「鸚鵡病」などは嘘っぱちで、たまたま鼻風邪をひいていた三井屋の様子を見て、勘八が思いついたでまかせだった。

だが「店の評判が落ちるかもしれない」というひと言が、三井屋にはよほど効いたらしい。大きな商いをしている者ほど、世間からの目がこわいことであろうから。

その後、三井屋は妙な噂が流れることを恐れたのか、しばらく派手なことはせず、手堅く商売をしているようだ。それまで奉公人や使用人に対しても、冷たく遇することが多かったのが、近ごろでは人が変わったように、温厚な主人を演じているとのことだ。

おそらくは、冷遇された使用人の口から、鸚鵡病のことなどが漏れて噂が広まることを恐れたのだろう。三井屋はけっきょく自分のことしか考えていなかったわけだが、そのおかげで、恩恵を被った者もいる。

おみつも、そのひとりだ。

おみつの年季が、予定よりもはやく明けることが決まったのだ。来年はじめに年季明けのはずが、年内、三か月後に家に帰ることができるのだという。しっかり書面で約定も交わしたとのことだ。これで、間違いはないだろう。

「おとっつぁんの借金なんて、ほんとうはとっくに終わっていたのかもしれないけど。もう、そんなことは気にしない。これで、家に帰ることができるし、おとっつぁんの面倒を見られる」

なんといってお礼を言ったらいいか――と、おみつは、両手を合わせながら、亥乃と勘八に報告したものだ。

もちろん、亥乃も飛び上がらんばかりに喜んだ。

「よかった、よかったね、おみつさん」

「うん。しっかり、おとっつぁんを看病するつもりさ。元気になったら、また彫り師として腕をふるってもらわなけりゃ」

おみつは、嬉しそうにほほえんだ。

借金を返しきるまで、まだあとすこしかかる。治助の体が元どおりになるのも、長い道のりだろう。それでも、よりよい暮らしを送るために、父と娘そろって前を向いて生き抜こうとしている。

その姿に、亥乃も胸を打たれた。

亥乃もまた、父ひとり娘ひとりの境遇だ。おみつとおなじく、父に寄り添い、助けていきたいと願っていた。


三井屋から取り返した鸚鵡を、治助の長屋に送り届けた勘八は、泣いて喜ぶ治助を見つめながら、亥乃にふとつぶやいた。

「獣はね……」

「はい？」

「人の言葉を解しないし、まず言葉を持たないけれど、それゆえ感情に敏感なのではないかと思うのです。だから、人が弱っているときには、やさしく寄り添ってくれる。するとふしぎと人もやさしくなれる。双方の思いやりが、どちらをも活かすのではないかと、わたしは信じているのです」

変でしょうか、と頭をかく勘八に対し、亥乃は大きくかぶりを振った。

「ちっとも変じゃありません」

「そうですか？」

「はい、あたしもそう信じたいです。そして、獣にやさしい方は、きっと人に対してもやさしくなれる人だと思いたいのです」

あなたのように――という最後のひと言は、言葉にはならず、亥乃の心のなかに零れ落ちた。

こうして『ミツヤ、ミツヤ』と鳴く鸚鵡騒動は一段落したのだが。

ただし問題がひとつ残っている。三井屋から引き取ったほかの鳥たちを、どう遇するか、だ。

「そのことについては心配無用なのですよ」

勘八は楽しげに笑いながらこたえる。

騒動が落着してから数日後、亥乃が飼い兎お芋の診療を受けに向かおうとしたときのことだ。

薩摩藩邸下屋敷に向かう道すがら、外出から帰る勘八と鉢合わせたのだ。

「お芋ちゃんが、またお腹の具合が悪いのですか？」

「悪いような気がするんです。あまりものを食べないし」

「それは気がかりですね。今度は腹のほかに、歯も診てみましょうか。兎は歯が伸びつづける生き物なので、噛み合わせによっては歯で口のなかが傷ついていることがあるんです。そのせいで食欲がなくなることもあるんですよ」

「まぁ、それは知りませんでした」

仲良く肩を並べて歩きながら、亥乃は、思い出して、三井屋の一件の後始末のことを尋ねたのだ。

「ところで比野さま。三井屋さんから引き取った鳥たち……あれから、どうなりました？」

まさか勘八が鳥たちに悪いことをするはずはないが。気がかりそうに、亥乃は勘八の顔をのぞきこんだ。

勘八は、いたずらっぽく笑っている。

「えぇ、なんというか。いまから藩邸にいらっしゃるのなら、その目でたしかめてごらんなさい」

「教えてくださらないの？」

「まぁ、まぁ、来てみてのお楽しみということで」

そんなことを話しているうちに、薩摩藩邸の下屋敷前に辿り着いた。すっかり顔なじみになった門番が、「これは亥乃どの」と、すぐに門を開けてくれる。

勘八とともに門をくぐり、すぐに右手へ曲がる。『蓬山園』と案内札が指し示す、通いなれた順路だ。竹垣を越え、いざ庭園に入ると、亥乃はあっと驚きの声をあげた。

「なんてきれいな」

目の前を、鮮やかな黄、橙、藍、さまざまな色合いの羽が舞っているのだ。

甲高いが美しい鳴き声も聞こえてくる。

下屋敷の庭園である蓬山園のなかに、大きな鳥籠ができていた。いや、鳥籠というよりは、大きな鳥たちが充分に羽ばたけるほどの、網張りの小屋とでもいうべきか。そのなかに、色鮮やかな鳥たちが、止まり木につかまったり、羽ばたいたり、自由にふるまっている。なかには、三井屋で見かけた鳥たちも数多くいるようだ。

小屋に近づいて、亥乃は、鳥たちの美しい羽ばたきを、しばし陶然《とうぜん》として見つめていた。

「比野さま、こういうことだったのですね」

「えぇ、殿が……重豪さまが、三井屋にいた鳥をすべて藩邸に引き取ってよいとおっしゃったので。ついでに、あらたな鳥小屋を作る費用も工面してくださり、はれてこのような仕儀になりました」

「すばらしいですね」

三井屋では小さな鳥籠に閉じ込められ、息苦しそうにしていた数々の鳥たちが、いまは大きな鳥小屋のなかで、のびのびとしている。なによりも楽しげだ。長い時間をかけて遠い異国の地から連れられてきた鳥たちは、いまやっと安堵しているのではないだろうか。亥乃は思った。

「どうだね、気に入ったかね、亥乃どの」

背後から声をかけられる。亥乃が振り返った先には、以前会った、この藩邸のあるじ、薩摩藩先々代藩主、島津重豪その人が立っている。側用人の堀田研之助も、いつものごとく重豪に付き従っていた。あまり表情を動かさない堀田研之助も、このときばかりは、庭の風景に陶然と見入っているようだ。

亥乃は、重豪と堀田研之助に向かって一礼をした。

「こんにちは、お殿さま」

「きれいだろう。鳥は、こうして羽を広げて舞っているときがもっとも美しい」

「鳥たちを引き取ってくださって、ありがとうございます。お殿さま」

「なんの、事情は勘八から聞いたが、こんなことがあればいつでもわしが引き取るよ。悪徳商人にひと泡ふかせ、鳥たちを助けることもでき、なによりわしも珍しい鳥を収集することができた。一石三鳥とはこのことだ」

誰にも恩着せがましいことは言わない。誰の心にも負担をかけない。重豪らしい物言いだと、亥乃は思った。

そばに控える堀田研之助の表情も誇らしげである。

勘八や堀田研之助の主君にあたる気さくな老人に、亥乃はあらためて親しみを覚えた。

「よかったわね、あなたたち」

あなたたち、とは、蓬山園のなかを舞う鳥たちのことだ。

呼びかけを解したわけでもないだろうが、鳥小屋の鳥たちが、とりどりの声で鳴きはじめる。

黄、橙、藍、緑、茶、さまざまな色彩が入り乱れ、亥乃たちの目の前を、羽ばたきつづけた。

蓬山園の語源は、仙人たちが暮らす桃源郷の蓬萊《ほうらい》からきているのだろうし、その名を冠した庭に、夢のごとく美しい鳥たちはふさわしいと思った。

「まるで、ここが桃源郷のようですね」

亥乃は、艶やかに舞い踊る鳥たちを見上げながら、うっとりとつぶやいた。

鯨からの贈り物

くじらからの
おくりもの

亥乃は、朝からぼんやりとしていた。

まったくつとめに身が入らないのである。

目黒川沿いにある船宿三津屋にて、いつも通り店の手伝いをしていた亥乃は、客を出迎えるのを忘れるわ、予約や注文を取り違えるわ、客が帰るというのに履物を間違えて出してしまうわ、さんざんなのであった。

三津屋のおかみ、おひさも呆れ返っている。

「いったいどうしたんだい、亥乃ちゃん。らしくないねぇ」

「あいすいません……」

「おとっつぁんと喧嘩でもしたのかい？　弥五郎さんも心配性だからねぇ、亥乃ちゃんもいい大人なのに、いつまでたっても子どもに対するみたいに、あまり遊び回るなだの、無駄遣いするなだの、男と会ったりするなだの、やかましいったらないよ。自分こそおつとめばかりで家のことを顧みないくせにさ。でも、わかってやっておくれ。あの人も、お千恵ちゃんを亡くして、ますます亥乃ちゃんが気がかりなんだよ」

「はぁ、まぁ、そうですよね」

愛想笑いを浮かべながら、亥乃は自分の額を小突いた。

「こんなことじゃいけないな。おかみさんにも迷惑がかかっちゃう」

しっかりしなければ、とは思うのだが、沈む気持ちはどうにもならなかった。

気が沈むわけは、ここ数日、薩摩藩下屋敷に通えていないからだ。

下屋敷に通えないということは、薩摩藩士の御鳥方、比野勘八にも会えないということである。

「比野さまに、お会いしたいなぁ」

すでに十日ばかり、勘八の顔を見ていない亥乃だった。


十日という時間が長いのか短いのかはともかく。

日和もよくなったおかげか、川遊びに船をあつらえる人も多くなり、三津屋も繁忙期に入っている。亥乃も、いつも以上に手伝いに力を入れなければいけないし、ときどきは忙しい父親の様子を見に行かなければならない。ふだん組屋敷に詰めている父親のもとへ、差し入れや着替えを持って行くのも亥乃の大事な仕事だ。

こうしたわけで、まったく下屋敷に通う時間が工面できないのである。

「あぁ～あ、比野さまに会えないと、こうも張り合いがないだなんて」

亥乃はすこし大げさなことをつぶやきながら、この日、数度目のため息をついた。

昼休憩がてら二階で飲んでいた客がすべて帰っていくと、おひさは、いっこうに気が入らない亥乃に小言をする。

「ちょいと亥乃ちゃん。恋する乙女もけっこうだけど、そんな辛気臭いようじゃ、お客も遠退くよ。しっかりしてちょうだいな」

「……はい、すみません、おかみさん」

「ま、もっとも、今日はもう客も来ないだろうから、いいんだけどね」

「お客が来ないって、どうしてです？　まだ昼過ぎじゃないですか。いまの季節、船遊びをする人がたくさんいるんです。これから夜にかけてが本番じゃないですか」

「まったくもう、この子はほんとうになにも聞いていないんだね。いましがた帰ったお客さんたちのあいだでも、その話題でもちきりだったじゃないのさ」

「はて？」と、勘八恋しさのあまり、接客中も上の空だった亥乃は首をかしげた。

「なにかあったんですか？」

「品川の海にね、鯨みたいな大きな大きな魚影が見えたんだってさ。今朝がたのことさ。うちのお客さんは、しばらく鯨見物に取られてしまうだろうね」

——商売あがったりだから、亥乃ちゃん、明日からしばらく休んでくれてかまわないよ。

おひさの粋なはからいに、亥乃はその場で飛び上がりそうになった。


品川の海に鯨あらわる——。

そんな話題がのぼったのは、じつは今回がはじめてではない。

三十年ほど前、亥乃は当然生まれておらず、父弥五郎と母千重でさえいまだ出会ってもいない頃のことだ。

寛政十（一七九八）年に、品川浦に巨大な魚——鯨が迷い込むできごとがあった。

当時、鯨をひと目見ようと、品川浦は黒山の人だかりができ、将軍徳川家斉さえも、浜御殿《はまごてん》において見物したという。

そして三十年の時を経て、ふたたび、

「品川浦に、鯨らしき大きな影が見えた」

と噂が立ったのだから、江戸っ子は黙ってはいられない。

話題がのぼったその日から、芝・高輪界隈や品川宿からほどちかい品川の海辺には、すでに大勢の人々が群れはじめていた。


「細かいことを言うと、鯨は魚ではないんですよ」

品川浦に出張してきた甘酒屋台にて。

亥乃は、妙なことを口にする白衣の侍と並んで腰掛に座り、甘酒を飲んでいた。

三津屋でのつとめを早々に切り上げさせてもらってから、その足でさっそく噂の品川浦に足をのばしてみたのだが、暑さが堪え、出店でいったん休むことにしたのだ。


運良くそこで、白衣の侍こと比野勘八と出会えた。

獣好きの勘八のことだ、鯨の噂を聞けば品川浦に来ているのでは、と思ったら案の定というわけで。勘八ととなり合わせで、ほろりとした甘さの飲み物を味わいながら、心もほんのりと甘い気分の亥乃なのである。

亥乃は、あらためて十日ぶりに会う勘八に視線をやる。ふだんはおとなしいが、獣のことを語るときは、あいかわらず活き活きとしている。おだやかで、やさしそうな表情をたたえた勘八の横顔は、いつまで見ていても飽きないほどだ。

とはいえ「会いたかった」とはさすがに言えず、別のことを口にする。

「鯨が魚ではないって、どういうことです？　比野さま」

「えぇと、こういうことです。魚は産卵し、卵を孵化《ふか》させて子孫を残しますよね。鯨は人間とおなじく、母親の体から、親とおなじ姿をして子が生まれてくるらしいのです。だから、細かいことを言うと、魚に当たらないのではないか……というようなことを、かつて鯨漁に携わっていた人物に聞いたことがあるのです」

「魚みたいに、尾ひれもあるのに？　水のなかを泳ぐのに？」

「ふしぎなものですが、そうらしいです」

「比野さまは、鯨を見たことがあるのですか？」

「残念ながら実物を見たことはないのです。ただ、元鯨漁をしていた漁師に会ったことがあって、そのときに鯨の話を詳しく聞きました」

「鯨漁かぁ」と、亥乃は、人間がどのようにして鯨を釣り上げるのか、想像しようとして、想像できなくなり、かぶりを振った。

「鯨みたいな大きな生き物を、ほんとうに人間なんかが釣り上げることができるのかしら」

「ひとりでは無理でしょうね。もちろんふつうの釣竿なんかでも釣れやしません。

屈強な漁師が徒党を組んで、特大の銛《もり》を突き刺して漁をするのだそうですよ」

想像するだに恐ろしく、亥乃はすこし身震いした。

特大の銛をもって、しかも数人がかりで漁をしなければならない生き物が、三十年前、いま亥乃たちが眺めている海に迷い込んできたのだ。当時の人々は、どれほど驚いたであろうか。亥乃は当時の光景を思い浮かべながら、勘八に問いかける。

「ほんものの鯨、比野さまも見てみたいでしょう?」

「もちろんです」と勘八は目をかがやかせた。

「鯨の影が見えたという噂を聞きつけて、いてもたってもいられなくなって、役目もそこそこに飛び出してきましたよ」

興奮した様子で、のこりの甘酒をすべて飲み干してから、勘八はすこしだけ真面目な顔になった。

「そうだ。鯨といえば、亥乃さんは、鯨塚の話はご存じでしょうか」

「……鯨塚? さぁ、知りません」

「三十年前に、この海に迷い込んだ鯨がどうなったかは?」

「いいえ、それも」

「迷い込んだ鯨はですね、けっきょく元の海に帰ることができず、漁師たちに捕えられたというのですよね。そこで、供養のために、海沿いにある利田《かがた》神社に鯨の碑が建てられたのです。その碑が、いまでは鯨塚と呼ばれているそうですよ」

その鯨塚に、おもしろい言い伝えがありましてね。と、勘八はなおもつづけた。

「当時の人たちも鯨をはじめて見て、たいそう驚き、面白がったのでしょうね。黄表紙本にこんな物語ができたくらいなんですよ。

海の底の竜宮城のこと。竜宮の乙姫から面光不背の珠を盗んだ、悪い猿がいたという。姫は、宝玉盗みを追いかけるよう、臣下の鯨に命じた。逃げる猿、追いかける鯨。やがて猿は、鯨の潮吹きを使い、潮吹きに飛ばされて陸に上ったそうです。猿を逃してしまった鯨もまた、猿を探し尋ねて陸に向かった。その頃、陸に上がった猿を見ていたのが品川浦に暮らす鰒《ふぐ》でした。鰒がうまいこと猿を引き止め、宝玉を取り戻し、鯨に差し出した。喜んだ鯨は、お礼に、海の藻屑《もくず》となっていた金銀を呑み込み、潮を噴き上げ、品川の人々に金銀財宝を与えた——

という話があるのです」

それだけ当時の品川浦は、鯨があらわれたことによって、大きな盛り上がりをみせたのだろう。近隣の店も繁昌したのかもしれない。鯨が品川の住人にもたらした繁昌が、鯨の金銀伝説になって残ったのかもしれなかった。

ただ、ほんものの鯨の行く末のことを聞くと、亥乃はすこし寂しくなる。

「でも、ほんとうの話だと、鯨は元の海に帰れず死んでしまったのですよね。かわいそう……帰りたかったでしょうに」

「ほんとうですね。当時の人たちも、気の毒と思ったからこそ、鯨の碑を建てたのでしょうし、物語にも残したのでしょうからね」

空になった湯飲みを置きながら、亥乃と勘八は、鯨が迷い込んだ海を、しずかに見つめていた。

「どうして鯨は、ここまで泳いできてしまったんでしょうね」

「さて。潮に流されてしまうほど、怪我を負っていたのか。あるいは、なにかを追ってここまで泳いできてしまったのか」

「なにかを追って？」

「たとえば、はぐれた我が子を探していたとか。鯨は親子の絆がつよく、子がひとり立ちするまでしっかりと親が見守るのだと、やはり漁師に聞いたことがあります」

「そういうところも、魚というよりは、人に近いところがありますね」

「かもしれませんね」

会話がいったん途切れる。

亥乃としては、このままずっと勘八と雑談をつづけたかったが、当の勘八は鯨のことが気になって仕方ないのだろう。腰掛に二人分の甘酒代を置くと、すぐに立ち上がった。

「さて、あまり遅くなってもいけません。わたしは、鯨の影があらわれたという海辺に行ってみますが、亥乃さんはどうしますか?」

亥乃もまた、勘八につづいて腰を上げた。

「あたしもご一緒していいですか?」

「もちろんです、行きましょう」

久々に会った勘八ともうしばらく一緒にいたかったので、亥乃もまた、小走りで浜まで急いだ。

「比野さまは、鯨のことで頭がいっぱいね」

——あたしのことも、鯨とおなじくらい気にしてくれると嬉しいのだけど。

とはいえ、鯨に嫉妬をするのも虚しいものがある。複雑な気持ちのまま、勘八を追いかける亥乃だった。

鯨らしき黒い影を沖合で見かけた、と噂の立つ品川浦は、人でごった返していた。

およそ三十年前、五十尺にもならんとする大鯨が捕えられたことを、記憶している者も多い。鯨を模写した絵も近くの神社に奉納されているから、だいたいの姿もわかっているのだろう。ゆえに、鯨の影の騒ぎが信ぴょう性をおびてくる。しかも、鯨の胴体は入札にかけられ四十両以上もの値で払い下げられたというのだから、当時のことを知る者たちが「また鯨が捕まるぞ」とささやき合えば、実物を見たことがない若者たちも、好奇心をおさえられない。

「鯨ってどんな生き物なんだ」

「そりゃあ、おめぇ、そこの浜が覆い尽くされるほど巨大だっていうぜ」

「ばかなことを言うな、そんなに大きな魚が、泳げるものか」

「でも、将軍さまも浜御殿で上覧なすったっていうほどだから、そりゃあ大きくて珍しい魚だったのだろうぜ。これでまた鯨が捕れれば、払い下げられて、おれたち町の者にもおこぼれがあるかもしれねぇ」

「そいつは、あやかりたいものだな」

見物人たちが興味があるのは、鯨そのものよりも、自分たちの利益のほうなのかもしれないが、勘八は勘八で、実物の鯨を見られるかもしれないと、群衆の外で背伸びをしたり飛び上がったりと忙しない。

　鯨の影が見えたという浜は、亥乃たちが入り込めないほど人垣が連なっている。ちょっとやそっとでは波打ち際まで行けそうもなかった。人ごみに慣れていない勘八に至っては、前へ出ようとしても押し返されるありさまだ。

　人に押されてよろめいた勘八を、亥乃が背後から両手で支えた。

「大丈夫ですか、比野さま」

「こんなに人出のあるところに来るのは、はじめてです……」

「ほんとうにすごい人ですね。これじゃ海が見えやしない。今日はやめて帰りましょうか？」

「いいえ、どうしても鯨が見てみたいです」

　獣好きの執念、かくのごとし。人の波に酔っても意地を張る勘八に、亥乃は笑いかけた。

「わかりました。では比野さま、あたしのあとに、しっかりついてきてくださいよ」

　亥乃は自分の袖に勘八を摑まらせ、自ら先導するかたちで、ふたたび歩き出した。人の波をかきわけかきわけ、すこし強引にでも前へと進んでいく。

「亥乃さぁん、ちょっと、足、はやいです」

「はぐれないようにしてくださいよぉ」

そんなやり取りをしながら進んでいくうちに、ふと、亥乃は前方を歩くひとりの人物に目をとめた。その人物のことがひどく気になったのは、小さな子どもだったからだ。

「あら、あの子、危ない」

居並ぶ大人たちの腰のあたりまでしか身の丈のない少年が、浜のほうへ向かう群衆と、陸のほうへ戻ろうとする群衆とのあいだで、もみくちゃにされていたのだ。しかし、鯨に気を取られている大人たちは、誰も少年のことに気づかない。気づかないまま、あわや少年のことを蹴り飛ばしそうになる。

「坊や、こちらへおいで！」

亥乃が手を伸ばすと、それに気づいた少年が、せいいっぱい腕を伸ばして亥乃の手を握り返してきた。亥乃は少年を抱き寄せ、小さな体を庇うように群衆のなかを進んだ。

下方から、少年が大きな目をくるくるとさせ、亥乃の顔をのぞきこんでくる。

「ありがとう、おねえちゃん」

「危ないから、あたしと、こちらのお侍さまのそばにおいで」

「うん、そうする」

「あなたも鯨を見に来たの？」

「そうだよ。あのね、おいらね、どうしても鯨にお礼を言わなけりゃいけないんだ」

「鯨に、お礼？」

ふしぎな物言いをする子だな、と、少年の肩をしっかりと抱きしめた亥乃は、となりに立つ勘八と目配せをした。勘八もまた、同行者となった少年をふしぎそうに眺めている。

そのころ、人垣の前のほうでは、

「なんだい、鯨のくの字も見えねぇじゃねぇか」

「鯨の影が見えるなんて言ったのは、どこのどいつだ」

「ただ青黒い荒波を見ていたっておもしろくもねぇ」

などと、落胆と野次の声が盛んに聞こえるようになっていた。残念ながら、この日は鯨の影が見えないらしい。

見物客がちらほらと帰っていくなか、やっと人垣から脱したところで、亥乃もまた気が抜けてしまった。

「今日の鯨はご機嫌ななめみたいですね」

「そう易々と見られるとは思いませんでしたが、やっぱりだめかぁ」

勘八もまた嘆いたが、そこは獣好きなので、容易に諦められるはずもない。

鯨見物を諦めて引き返す人の波に逆らい、亥乃と勘八と、連れ合いになった少年とは、未練がましく品川浦の浜辺に立ちつくしていた。

しばらく沖合を眺めていても、波間にただようのは海藻くらいなもので、鯨らしき巨大な影は見ることはできない。やがて見物人はさらに減っていき、浜に残ったのは、地元の人間か亥乃たちだけになってしまう。

地元の人間のなかで、漁師らしき風体の男が、浜に座り込んで網を繕いながら、亥乃たちのほうに話しかけてきた。

「やぁ、噂の鯨が見られなくて残念だったね」

亥乃たちは漁師のほうを振り返る。

「漁師さんは、鯨の影を見たんですか?」

「いやいや、おれぁここ数日ずっと海に出ていたが、そんなものは見てねぇよ。どこのどいつが鯨の影を見たなんて言ったものやら」

地元の漁師が言うのだから、やはり噂は眉唾だったのか。

勘八はあからさまに肩を落として落胆してみせたが、それでもまだ諦めきれないらしい。見物人のいなくなった浜辺で海を見つめたままだ。そして勘八以上に諦めがつかないのが、もうひとりの少年のほうだった。勘八よりもさらに前のめりになり、押し寄せた波で足が濡れるのも厭わず、遠くの海を睨んでいる。

漁師は、微動だにしない少年に呼びかけた。

「真剣だな。坊主はよっぽど鯨が見たいらしい」

「だって、鯨にお礼が言いたいもの」

「お礼?」と、漁師が首をかしげると、少年は躍起になってこたえた。

「鯨はね、おいらを守ってくれているんだ。だから、お礼を言わなくちゃいけないんだよ」

「鯨がお前を守る? よくわからねぇが……そんなに鯨が見たいのなら、もうしばらく待ってみるといいだろうよ」

少年から視線を逸らし、漁師はなおも網を繕いつづける。

いっぽう亥乃は、勘八と少年がしばらく動きそうもないので、漁師の器用な手つきを眺めながら話しかけてみることにした。

「こんなに大きな網を扱うのも大変そうですね」

「まぁな、品川の漁師は網漁をするから」

「今日は漁には出なかったんですか？」

「さっきまで鯨見物の人だかりができていたからなぁ。船を出せなかったんだ」

品川浦の漁師たちは、品川宿に属する大島氏という名主のもとで統括され、いくつかの組をつくって漁を行っていた。品川浦の漁で活躍したのが、帆の力で横向きに走る桁船《けたぶね》という船である。桁船五艇から九艇で大きな網を引き、海の魚をさらう漁法である。

「宿場にとっちゃ人出で賑わうのはけっこうなことだが、漁師からすれば、漁に出られなくていい迷惑だ。鯨の影とやらも、どうせ、どこからか流れてきた難破船の材木かなにかだろうぜ」

「そんなものですか」

漁師の言葉に、いまだふんぎりがつかない勘八が聞き返した。

「鯨は、あらわれませんかね？」

すがるような勘八の態度に、漁師は「お侍さんも好きだねぇ」と苦笑いする。

「年配の漁師仲間に聞いたことがあるよ。鯨を見た三十年前は、それはすさまじい夏の嵐のあとだったそうだ。海が荒れに荒れて、鯨も泳ぐ力がなくなったんだろうと言っていたっけ。でなけりゃ、あんなに大きな魚が迷い込んでくることなんか、そうそうないだろうよ」

「なるほど……ここ最近は、海はおだやかですものね」

「あまりがっかりしなさんなよ。まぁ、かくいうおれも、漁師だったら一度は鯨みたいにでかい魚を釣ってみたいと思わないことはないけどな」

網を繕い終えた漁師は、「やれやれ」とこった肩をもみほぐしながら立ち上がった。広げた網を折りたたみ、両腕で抱えながら陸のほうに引き返していく。

「漁には出られそうもねぇし、おれはもう引き上げようかね。あんたたちもきりのいいところで諦めることだな」

どうせ鯨なんかあらわれやしねぇよ、と漁師が言うと、それまで海を睨んでいた少年が、漁師のほうをかえりみた。

「おじさん」

「なんだい三吉《さんきち》」

漁師は、少年のことを三吉と呼んだ。ふたりは顔見知りだったらしい。少年は品川浦の近所に住んでいて、海によく来るのだろう。自然と漁師とも仲良くなるはずだ。

三吉は、日焼けした漁師の顔をじっと見つめ、己の願いを込めながら言った。

「鯨は、いるよ。おいらが誰にも迷惑かけずいい子にしていれば、いつか会いたいっていう、おいらの願いもきっと通じるよ」

「……だといいがな。さて三吉、夢を語るのもここまでにして、誰にも迷惑かけねえっていうんなら、さっさと帰って宮司さんのお手伝いでもしてやんな」

寂しげなほほえみを浮かべた漁師は、少年の頭をひと撫ですると、網を抱えて浜を去っていく。

漁師が立ち去ったあと。三吉はなおも、「鯨は、おいらに会いに来てくれるもの」と小さな声でつぶやいていた。

三吉は、品川浦に突き出た小さな出島に建つ、利田神社に住んでいるという。

「利田神社といえば、鯨塚があるお社じゃないの?」

品川浦からの帰り道、亥乃が尋ねると、三吉はうなずいた。

「うん。おいらはね、赤ん坊のときに神社の前に捨てられていて、宮司さんに拾ってもらったんだ。だから、おいらは鯨の神様に助けられたのだし、きっと鯨に縁があるんだよ」

「捨てられていた」という言葉を聞き、亥乃は返す言葉が見つからなかった。

三吉がふしぎな雰囲気を持っているのも、鯨に執着するわけも、どことなくわかった気がしたのだ。

けっきょくその日は鯨があらわれる気配はなく、夕暮れも近くなってきたので、亥乃と勘八は、三吉を利田神社まで送っていくことにした。

品川浦の浜辺から神社まではすぐそこだ。ほどなく神社に辿り着くと、たまたま宮司がおもてに出てきており、三吉の姿をみとめ、

「また海辺に行ってきたな」

と、すこし困ったような、それでも慈愛にみちた表情で、三吉を出迎えた。

亥乃はすこしほっとする。

拾われ子だという三吉だが、利田神社の人たちにはかわいがられているのだろうと、宮司の様子を見てわかったからだ。

宮司は、三吉を送ってきた亥乃たちにも、丁寧に礼を述べた。

「三吉がお世話になったようで。ありがとう存じます」

「いいえ、わたしたちも鯨を見に行っていたのですけど、そこでたまたま三吉ちゃ

んに会ったんです。ずいぶんと真剣に鯨を探しているので、ほうっておけなくなって」

「それほど真剣に探しておりましたか」

「えぇ、よほど鯨が好きなんですね」

「あの子は、鯨に縁が深い子ですから」

「三吉ちゃんも、そんなことを言ってました」

うなずいた宮司は、三吉に先に帰っているよう告げると、亥乃たちに向かって、

「鯨塚をご覧になって行きませんか」とうながした。

朱色の陽が斜めに降り注ぐ境内《けいだい》を、利田神社の宮司に連れられて、亥乃と勘八は奥まったほうへ歩いていく。青々とした銀杏の大木の根本に、鯨の頭部を葬ったとされる鯨塚があった。

「ちょうど十年前のことですかな。わたしの先代の宮司が、赤ん坊だった三吉をここで拾いましてな」

「なるほど……三吉ちゃんは鯨塚に置かれていたんですね」

「そうなのです。ですがあの子は、己の境遇を嘆くこともなく怨むこともなく、素直な子に育ちました。わたくしどもも鯨に感謝しているのですよ」

「三吉ちゃんが『鯨にお礼がしたい』と言っていたのは、鯨のおかげで助かったと思っているからなのでしょうか」

戸惑いぎみに亥乃が言うと、宮司は「ほほう」と顎を撫でている。

「三吉は、そんなことまで言いましたか。変わったことを口にするとお思いでしょうが、あの子は、本気でそうしたいと思っているのでしょう」

三吉はね、不幸にも親に見はなされてしまったが、鯨に守られている子なのですよ——と宮司は、しみじみと語る。

「そうとしか思えないようなできごとが、あの子の身のまわりで、起こるのですから」

亥乃はもちろん、勘八もまた、宮司の言葉に耳を傾けた。


三吉が利田神社の境内に置き去りにされていたのは、十年前のこと、まだ乳飲み子だった頃だという。

不憫に思った当時の宮司が赤ん坊を引き取り、三吉と名づけ、神社の小僧として育てた。

以来三吉は、己を捨てた親への怨み言ひとつ口にせず、利田神社で真面目につとめている。

　主な仕事は、日々のまかないの手伝いと掃除だ。朝一番に起きて火を熾《おこ》してから一日がはじまり、朝餉をこしらえたあとに、境内の掃除をはじめる。拝殿はもちろん、境内もきれいに掃き清める。ついで、利田神社の名所である鯨塚を毎日磨き上げることも欠かしたことがない。碑は毎日きれいに磨き上げ、供え物も絶やさない。暑い日も寒い日も、もちろん嵐の日とて、だ。

　そんな健気な子どもの身に、ある日、ふしぎなできごとが起こった。

　毎日毎日、熱心に境内を掃除し、鯨塚を磨き上げる少年に、祀られている鯨が感じ入ったのか、三吉に授けものをした。いや、そうとしか思えないできごとが起こった。

　黄表紙に書かれた物語――鰒に恩返しをする鯨のように、だ。

　一年ほど前、嵐があった夜のあくる日だったという。嵐も過ぎ去り、いつも通りの日課をこなし、三吉が締めくくりに、鯨塚のまわりを掃除しはじめたときだ。

「昨日の嵐で木々の枝が折れたり、泥もはねたろうし、念入りに掃除をしてあげなくちゃ」

　そう思って、鯨塚に参った三吉は、驚くべきものを目にした。

塚のまわりには、嵐で飛び散った木の枝や葉やごみ屑などが散乱していたのだが、そのなかに、ごみ屑などとはまったく違うものを見つけた。

「なんとそこには、金子が入った小袋が置いてあったのですよ」

宮司が指さす先、塚のたもとを、亥乃はじっと見つめた。

「ここに、金子が?」

「はい。塚のたもとに、お供えするように置いてあったのです。三吉があわてて持ってきたので確かめてみましたら、かなりの額の金子でございました。しかもきちんと小袋に入っていた様子を見ると、間違って落としたというわけでもなさそうで」

「誰かが、わざと置いたってことでしょうか。三吉ちゃんのため?」

物語に出てくる鯨も、陸に金銀を撒いたという。

そして、現実にも鯨塚に、金子が置かれていた。

これはまったくの偶然なのか、物語が現実になったのか。

「神社にお布施ということでしたら、そんな手の込んだことをせず、賽銭をあげればよいことでしょう。ですから、三吉が毎日鯨塚を掃除していると知っている誰かが、三吉に見つけやすいように置いたのだと……そんな気がいたします」

「たしかに、そうですね」

亥乃も相槌を打った。

以来、一年のあいだ。鯨塚には、ときどきおなじように金子が置かれることが起こるのだという。ほかの場所には置かれない。決まって鯨塚だけに置かれているのだ。

その話が界隈の人々のあいだに広まり、利田神社に祭られている鯨が、日々真面目につとめをこなす健気な少年のために、お礼を置いていくのだと噂が広まった。

「ゆえに、三吉は鯨に縁が深いと、わたしなども思うわけなのです」

「だから三吉ちゃんは、鯨にお礼がしたいと言ったのね。海に鯨の影があらわれたって話を聞いて、日参しているのは、そういうことなんだ」

宮司の話をひととおり聞いた亥乃たちは、あらためて鯨塚にお参りをし、宮司に丁寧に礼を述べてから、利田神社をあとにした。

帰途につく頃は、すっかり日も暮れかけている。

「鯨に、お礼……か、健気だなぁ。三吉ちゃんみたいな境遇で、そんなことが言えるなんて。まだ十歳だというのに」

勘八と肩を並べて歩きながら、亥乃は、ふと己のことに思いをはせる。

「あたしが十の頃は、なにをしていたかなぁ。まだおっかさんも元気で、甘えてばかりいたかもしれない」

三吉くらいの年頃なら親が恋しいだろうし、親の庇護のもと、遊びたい盛りであろうに。はたらきの合間に、こうして鯨に会いたい一心で品川浦に日参している。鯨が自分を助けてくれていると信じている。

鯨塚に金子が置いてあるのは、ほんとうに鯨の恩返しなのか。亥乃にはわからなかったが、もしそうだったらどんなにいいかと思う。

亥乃が考え込んでいたところ、利田神社を訪ねたときからずっと黙っていた勘八が、やっと口を開いた。

「わたしは鯨をじかに見たことはありませんが、文献を読んだり、鯨漁に携わる漁師に話を聞いたりして、なんとなくわかったのですが」

突然話し出した勘八の横顔を、亥乃は興味深そうに見上げる。

「鯨の体が魚なのか人に近いのかはともかく、行動や、心にあるものは、人により近いものがあるのでは、と思うのですよね」

「どういうことですか?」

「書で調べたことや、話を聞くところによると、鯨は大きな群れではなく、母と子、くわえてきょうだいといった、あくまで小さな群れで暮らしています。あと、驚くべきことですけど、母鯨は子に乳を与えて育てているとも聞きました。それらも人に近いと思いませんか」

獣を語るとき勘八は饒舌《じょうぜつ》だ。さらにその声に、熱がこもっていく。

「鯨漁の漁師たちは言っていました。骨は細工材料となり、身は油として、食料として、捨てるところがない鯨を、自分たちを救う神からの授かりものとして大切にしてきた。鯨は、信仰でもあり、暮らしの一部でもあり、とても身近なものなのだと。だからこそ鯨に相応の敬意を払うし、漁をするときには、なるべく苦しまぬように仕留めるのだと」

「ふしぎな生き物ですね。鯨というのは」

「ええ、漁師たちの気持ちは、よくわかります。わたしもね、鯨だけではなく、獣すべてに人間に似た心があると信じているんです。だから、もし、鯨が、三吉少年に恩返しをしたいというのなら、もしかしたらそういうこともあるのではと……思いたいのです」

三吉が、鯨塚のある利田神社に置いていかれたのも、鯨塚を敬う子に育ったのも、鯨から恩返しされることも、なにかと鯨に縁のある生き方も、少年の運命《さだめ》なのかもしれない。

鯨に守られている子ども――世の中にそんな少年が、ひとりくらいいてもいいではないか。

語り終えてから、勘八は我に返り、気恥ずかしそうにうつむいてしまった。

「わたしとしたことが、偉そうなことを……言いました。すみません」

「いえ、そんなことありませんよ」

心から亥乃は思っていた。いつになく勘八の言葉が熱をおびるのは、獣に対し敬《けい》虔《けん》な思いを抱いているからなのだ。亥乃の目には、不器用ながらも真剣に獣に向き合う勘八が、ひどく眩しくうつる。

「ほんとうに、おやさしいんですね」

「え？　なんですって？」

「いえいえ、ひとりごとです」と笑った亥乃は、言葉を濁してから、勘八を追い抜かして砂浜を駆けて行く。勘八もまた、砂に足を取られながらもあとを追いかけてきた。

「亥乃さん、待ってください。急にどうしました？」

「いえ、なんでもありません。ちょっと急ぎの用を思い出して。おとっつぁんが、このところおつとめが暇なもので、三津屋に入り浸りなんです。はやく帰ってお世話をしなくちゃ」

「亥乃さん、足がはやい」という勘八の情けない声を背後に聞きながら、亥乃は砂浜を走りつづける。そして振り返らないまま、相手に呼びかけた。

「比野さま」

「は、はい？」

「諦めずに、また鯨を見に行きましょうね」

「ぜぇ、はぁ、も、もちろんです。またご一緒しましょう」

荒い息遣いと、承諾の返事を受け、亥乃はまっすぐに前を向いたまま顔をほころばせた。

前を見ていれば、頬が染まっていることを、勘八に見られることもない。そう思いながら。

鯨に縁のある三吉少年と出会ったのち。

事のしだいを、勘八が主君である島津重豪に伝えたのは数日後のことだったそうだが、はたして、

「わたしが迂闊でした」

と、亥乃が薩摩藩下屋敷を訪ねると、勘八はすこし情けなさそうに言った。

「どうなさったのです？」

この日、亥乃は、近所に住む子どもが育てている金魚を預かって、下屋敷にやってきた。縁日で求めた金魚とのことだが、飼いはじめて二、三日のうちに、あっという間に弱ってしまったそうだ。話を聞いた亥乃は、「詳しい先生に診せるから、あたしにまかせておいて」と、嬉々として請け負ってきたところである。

「いかがですか？　比野さま」

「金魚が弱ってしまったのは、水を替えるのをさぼってしまったからだと思いますよ。餌をあげ過ぎると水が濁りますからね。こまめに替えてあげるよう、その子に伝えておいてください」

「承知しました。いつもありがとうございます」

「さて、それはそうと、さきほどの話ですが」

金魚の診察がひととおり終わると、勘八が「迂闊でした」とぼやいたわけを、やっと話し出した。

「このあいだの三吉少年のことです。ありのままを殿に申し上げたところ、『鯨の恩返し』にひどく興味を持たれて。あぁ、ほんとうにわたしが迂闊だったのです。こんなことを言えば、殿が食いつくのはわかっていたことなのに」

「まぁ、それは、そうですねぇ」

勘八には気の毒だが、亥乃はおもわず吹き出しそうになってしまった。

勘八の主君——薩摩藩先々代藩主島津重豪は、勘八に負けず劣らずの獣好きだ。鯨の恩返しがほんとうのことなのか、鯨そのものを見ることよりも、興味津々になったに違いない。そして、自分も三吉に会ってみたいとか、鯨塚に金子が置かれるところを見てみたいとか、駄々をこねたのだろうと容易に想像がつく。

島津重豪というご隠居は、子どものごとき純真さと好奇心をお持ちなのだ。とはいえ、立場が立場なので、市井の人々とおなじく町中をうろつくわけにもいかない。重豪が好奇心にまかせて飛び出していかないように、怜悧な側用人の堀田研之助がいつも見守っている。

堀田研之助の名を出すと、勘八は肩をすくめた。

「堀田さまには、わたしのほうが、それはそれはもう、こっぴどく叱られてしまいました。殿に余計なことを吹き込むな、と」

「それはご愁傷さまでございました」

笑いをこらえながら、亥乃は応じる。

端整な顔に青筋をこしらえて、重豪と勘八と双方にぴりぴりと説教をしている堀田研之助の姿もまた目に浮かぶようだった。

「堀田さまもご心労ですね。あのお殿さまは、ひとたび興味を持たれると、行動がすばやそうですし」

「だからですよ。あの殿のことだ、わたしが伝えなくても、そういう噂話をすぐに嗅ぎつけるのです。なにせ、江戸中の好事家に知り合いがいて、あらゆる伝手があるのですからね。困ったものです」

不満をこぼす勘八を「まぁまぁ」となだめておいてから、亥乃は、いまの話のなかで気になったことを聞いてみる。

「重豪さまって、もちろんお殿さまだから偉い人なのでしょうけど、そこまですごいお方なんですか?」

「まぁ、そうですねぇ。たぶん江戸中でも屈指なのでは。なにせ前々代薩摩藩主であるだけではなく、将軍家斉さまの岳父《がくふ》でもあらせられますからね」

「岳父……」

「つまり、将軍の奥方さまの、お父上。将軍さまの義理の父親ということです」

「ひえ」

おもいがけず壮大な話になってきて、亥乃は腰が抜けそうになった。

大名の殿さまなど、本来、亥乃などがお目にかかれる立場の人ではないことは、充分にわかっていたつもりだ。しかし、この国の頂点におわす将軍さまの義理の父とは、とんでもないことだった。それはつまり、見方によっては、頂点に立っているはずの将軍さまよりも、さらに偉いお方なのかもしれない、ということだ。

いまさらながら亥乃は、自分がとんでもない場所に迷い込み、とんでもない人たちとかかわり、とんでもない不敬をはたらいているのではないかという畏怖感にかられる。

「でも、気になさることはありませんよ」と、勘八のほうは飄々《ひょうひょう》としたものだ。

「いまは役目のほとんどを譲ってしまい、好事家の老人ですから」

「比野さまったら、そんなこと言って」

「ですが、藩主という箍《たが》がはずれ、ただの好事家の老人になってしまったから、かえってたちがわるいのです。興味がわいたことには、とことん首をつっこみたがる、知りたがる、まるで子どもです」

本来人見知りであるはずの勘八が、いざ主君のこととなると言いたい放題になるのが、亥乃にはなかなか面白い。両者はそれだけ信頼で結ばれている、ということなのだろう。

　勘八はなおもつづける。

「今回の鯨の恩返しのことも、自分でおもてへ出て行けないし、堀田さまからも叱られてしまったから、臍を曲げて、わたしにとんでもない命令をしてきました」

　勘八が先刻から「困ったことになった」と言っていたのは、そのことらしい。

「重豪さまはおっしゃったのです。例の鯨塚の三吉について、もっと詳細に調べて参れ。かの者の身に起きていることが、まことに鯨の恩返しであると証立ててこい……と。困ったことに、三吉の身の上に起こっていることが、鯨の恩返しだと決めてかかっているのです」

「それは厄介なこと」と、笑いをこらえながら亥乃は応じる。

「でしょう？　もし、あれが鯨の恩返しではなく、ただ金の置き忘れだったとしたら、わたしは殿にどう報告すればよいのでしょうか。またお叱りを受けるのでしょうか」

　とうとう堪えきれなくなり、ひとしきり笑ってから亥乃はこたえた。

「それはもう、ありのままを申し上げるしかないんじゃありませんか？」

「殿が納得されるでしょうか」

「とにかく、また品川浦や利田神社にも行ってみましょう」

「亥乃さんも手伝ってくれますか？」

「もちろんです。三吉ちゃんの身に起こっていること、気になりますもの。鯨の恩返しでも、人間の仕業だったとしても、きっとなにかわけがある気がします。どうして、わざわざ鯨塚に金子を置いていくのか。なぜ、三吉ちゃんの目に留まるようにしておくのか。なにより、鯨にお礼をしたいというあの子のためにも、調べてみましょう」

「ありがとうございます、亥乃さん。助かります」

こうして亥乃と勘八は、金魚を飼い主の子どもに届けてから、その足でふたたび品川浦に出かけることにした。


品川浦にはあいかわらず、ちらほらと見物人が訪れていた。

あれきり鯨の影を見たという話も出ないし、当の鯨もいっこうに姿をあらわさないというのに、なおも見物人が絶えないのは、一部である噂が流れたからだ。

それは「利田神社の鯨塚に、また金子が置かれたらしい」というものだった。

鯨の恩返しの噂がまことしやかにささやかれ、しだいに広まりはじめていたのだ。

その噂を耳にした亥乃たちも、ふたたび利田神社に赴いた。

「おとといの朝のことで、これで四度目でございます」

亥乃たちを出迎えた宮司も、三吉も、戸惑っているふうだ。

「金子を置いていく方も、どういうおつもりなのか。妙な噂ばかりが広まって困ったことでございます。野次馬が境内を荒らしていくし、鯨さまのお布施《ふせ》があってよいですなぁと厭味を言われますし、この三吉が鯨の子なのではないかと、妙な噂を流す者もいる始末でして」

このままでは、金目当てで三吉が強請《ゆす》られるのではないかと、宮司は心から心配をしている。せっかくの鯨の恩返しでも、三吉によくないことが起こってしまうのであれば本末転倒だ。

宮司からの頼みもあって、亥乃と勘八は、もう一度鯨塚のまわりを調べてみることにした。

鯨塚へは、三吉が案内してくれる。

勘八は、三吉に詳しく話を聞きながら、金子が置かれるという塚のたもとを触ってみたり、観察したりしてみた。だが、塚のまわりには柵と石段があるのみで、これといって変わったところも見当たらない。

「あの、三吉どの」

勘八が律儀にも「三吉どの」と呼び、三吉にあらためて話を聞き出そうとする。

「金子が置いてあるときは、どういうときか決まっていたりするのですか？　たとえば、何日に一度……とか。これで四度目と言っていましたが、たとえば月に一度だったり、半月に一度だったり、間隔が決まっていたりするのでしょうか」

もし、そういう決まりごとがあるのだとしたら、人間の仕業であることは疑いないかもしれない、と思っての勘八の問いかけだ。

「どう？　三吉ちゃん」と、亥乃も尋ねてみた。

三吉はかぶりを振る。

「うぅん、そういうのは、決まってないみたい」

「そうなの」

がっかりして亥乃が肩をすくめると、そういえば、とようやく何かを思い出したらしく、三吉は口を開いた。

「そうだ。日は決まっていないのだけど、金子が置いてあるときは、決まった天気のつぎの日だった気がする」

「ほんとうに？　ゆっくりでもいいから思い出して、話してみて」

亥乃がうながすと、三吉はすこし自信なさげにこたえた。

「そう、たしか……金子が置いてある前の晩は、雨とか風が激しいときが多い気がする。台風が過ぎたあくる朝とか、境内は木の枝だとか葉っぱだとか、ごみ屑だとか、たくさん飛んでくるから、きれいに掃除をしなけりゃと思っておもてに出るの。そういうときに、鯨塚に金子を見つけることが多いかもしれない」

懸命にこたえる三吉の様子を見てから、亥乃と勘八は目を見合わせた。


さらに数日後。ある夏の嵐の夜のことだ。

激しい雨風はだいぶ落ち着き、品川浦も凪ぎつつある。

亥乃と勘八は、こういう夜か、または翌日にこそ、鯨塚に銭を置いていく者が正体をあらわすのではないかと、夜更けに利田神社に参集した。

どちらから言い出したことではないのだが、あたりまえのごとく、ふたりともやってきたのである。

「この天候なら、もしかして比野さまも、利田神社にいらっしゃるんじゃないかって。一晩詰めていることになるかもしれませんし、ほら、おはぎもこしらえてきました」

「どうして、おはぎ？」

「以前、比野さまが甘いものがお好きと伺ったので。ほんとうは手作りできればよかったのですけど……失敗しちゃって。おひささんに作り直してもらいました」

はずかしそうに紙包みを差し出した亥乃に、「ありがたく頂戴します」と、勘八はほほえみを向ける。

「それにしても。嵐が過ぎ去ったばかりだというのに、しかも夜中に出てくるなんて。亥乃さんも危ないことをしますね」

「おたがいさまです」

「こんなことが知れたら、わたしは弥五郎さんにこってりしぼられます」

「おとっつぁんは、大きなヤマができたって忙しくしてますから。その気遣いは無用です」

「弥五郎さんが許す許さないではなく、亥乃さんが危ない真似をするのが、よくないと言っているんですけどね」

「だって、比野さまに会いたかったから」とは、亥乃は言わなかった。

「三吉ちゃんのためですから」

という亥乃のたてまえのこたえを、しぶしぶながら勘八は受け容れる。

ふたりは鯨塚のそばに建つ物置小屋のなかに詰めることにした。

勘八はあらかじめひと晩を過ごすつもりだったのだろう。小屋に、茣蓙《ござ》と明かりを持ち込んでいた。格子窓から外を眺め、鯨塚を見張る。異変があれば、社務所にいるよりは、こちらのほうがわかるだろう。すこし寒いし窮屈ではあるが、ひと晩くらいなら過ごせないこともない。

鯨油を使った灯明《とうみょう》がか細く灯る社のなかで、亥乃たちは身を寄せ合い、しばらく押し黙っていた。

眠っていればほんの一瞬だが、眠い目をこすりながらのひと晩の、なんと長いことか。おもての風の音と、小屋のどこからか水滴が落ちる音が、沈黙のなかでやけに大きく響いた。

眠気を払うために、亥乃は、勘八に小声でささやきかける。

「鯨の影の噂を聞いたとき、こんなことになるなんて思いもよりませんでした」

「ほんとうですね」

薄暗がりのなかで、勘八の目が、亥乃のほうに向けられる。その目は、やはり眠たそうに細められていた。

「亥乃さんの言い分ではないですが、三吉少年のためならば、ひと肌脱ごうと思ってしまう」

勘八の物言いに、亥乃はわずかな寂寥《せきりよう》を感じた。

鯨塚のそばに捨て置かれ、親兄弟を知らずに育ち、鯨を拠り所として生きている少年の姿は、勘八にも重なる部分があるのだろうか。少なくとも亥乃はそうだ。三年前に母親を失う寂しさを味わったから、三吉の孤独の一端くらいはわかる気がしていた。だからこそ、ほうっておけないのだ。

勘八はどうなのだろうか。亥乃は、勘八の生い立ちが気になって問いかける。

「比野さまは、三吉ちゃんくらいの年の頃は、どんな子どもだったのですか」

「わ、わたしですか……」

すこし戸惑いながら、「わたしの話なんて面白くもなんともないです」と、消え入るような声でこたえてくる。

なおも亥乃がせがんだので、いやいやながらも、ようやく話を切り出してくれた。

「やっていることは、いまとなにも変わりませんよ。幼い頃から、祖父にならって蓬山園の管理や獣の世話にあけくれていました」

「役目はお爺さまから引き継いだのですか？」

「わたしは、祖父に育てられましたから」

小声のまま、勘八は昔話をつづけた。ふだんはこんなことを自ら話すことはないだろうが、やはり時間を持て余しているし、眠気を退けるためもあったかもしれない。

「御鳥方とは、その名の通り鳥の世話役ですが、重豪さまが、やれとお命じになられたことを、すべてやるのがおつとめです。たとえば獣医者も、植物の栽培も、庭の手入れも、薬園を守ることも、蓬山園を美しく維持することもそうです。お若い頃から博物学や動植物のことに造詣が深かった重豪さまは、ご隠居と同時に、下屋敷に蓬山園をお作りになった。あの庭は、殿にとって宝の山です。そのお宝の番人が要ったのでしょう」

そこで、庭の番人に命じられたのが、勘八の祖父——比野勘六だった。

「殿と祖父とは、同好の徒ということで、若い頃から親交があったそうです。おそらく獣のことや動植物のことなどに、詳しかったせいでしょう。主君と家臣の垣根を越えた仲だったとか。しかし我が家は、もともとお納戸役四十石ほどの下級藩士だったというから、同輩の妬み嫉みもあったかもしれません」

「お爺さま、ご苦労なさったのですね」

「いえいえ、祖父は変わり者だったので気にもしていなかったでしょうが」

自分のことは棚に上げて、勘八はため息をついた。

「あの人は、殿と好き勝手なことをやりながら、心の赴くまま生きていましたからね。苦労したのは、どちらかというと、わたしの父だったと思います」

下屋敷に蓬山園が完成すると同時に、薩摩から江戸に出てきた比野勘六は、江戸詰めの藩士たちから奇異の目を向けられるなか、重豪に命じられるまま、庭の管理だけに没頭した。同輩と交わることもない反面、かといって他人の役目の領分を侵すこともなく、重豪のお墨付きだから誰からも邪魔されず、「蓬山園に巣くう変人」とささやかれながらも、七十で身罷《みまか》るまで役目をまっとうした。

「同輩の目をひどく気にしたのは、祖父よりも父でした。ある日突然、国許から祖父とともに江戸に引っ張ってこられ、御鳥方という、わけのわからない役目の跡継ぎに位置づけられた。父は、獣のことにも植物のことにも興味はなかったし、もちろん薬草のことも学んでこなかった。だって、お納戸方として、何十年……いや、百年以上も変わらぬ役目を淡々とこなしていればよいはずだったのです。禄は少なくとも、妻と子と、小者ひとりくらいを養い、安穏とした暮らしを送ることができるはずだった」

「お役目替えがあったのは、いつ頃のことだったのですか？」

「わたしが生まれて間もなくだから、二十年ほど前でしょうか」

「お父上さまは、三十も近かった頃でしょうか」

「そうでしょうね。その年からいきなり、お納戸方から、御鳥方の跡継ぎになった。いや、させられた、というべきか」

慣れない江戸暮らしと、もともと興味も素養もなかった動植物の世話を無理強いされ、勘八の父は間もなく病の床についたという。おそらくは、江戸詰め藩士たちの白い目にも耐えられなかったのかもしれない。

「江戸に来てから一年とすこしで、父は亡くなったそうです。半年後、後を追うように、母も」

「お気の毒に……」

「わたしは、まだ二つか三つですから、あまり思い出もないのですけど。父がそうなってしまった以上は、御鳥方の跡取りは、このわたしということになります」

「お爺さまに、御鳥方のお役目を仕込まれたわけですね。幼少の頃から」

「ご苦労なすったのですね」と亥乃が言うと、勘八はかぶりを振ってみせる。

「苦労と思ったことは、一度もありませんでしたよ。もともとが、変わり者の御鳥方の、変わり者の孫だったので。ほかの藩士たちとはすこし立場が違うことも、奇異の目で見られることにも、慣れっこでしたから」

真夜中のふしぎな雰囲気のせいだろうか。己のことなどめったに語らない勘八が、珍しく饒舌になっていた。

亥乃もまた、話に聞き入ってしまう。そして思うのだ。苦労ではなかったと勘八は言うが、三吉に肩入れしてしまうのは、やはり親がいない寂しさを知っているからなのだろう、と。男も女も、武士も町人も変わりない。子どもが、そばにいない親を思って寂しく思うのは当然だ。

亥乃には父がいるし、実の孫のごとくかわいがってくれる三津屋の夫婦がいる。勘八には理解ある主君がいる。三吉には慈悲深い宮司や仲間がいる。周囲は、やさしい人たちで溢れている。しかしそれらは、なき人たちの代わりになるものではない。

いるはずの親がいない寂しさは、拭えない。

そんな子どもも心がわかるからこそ、亥乃も勘八も、三吉少年をほうっておけない。お節介とわかっていても、こんな夜更けに、鯨の恩返しなどという架空の話を確かめに、狭い小屋に詰めているのだ。

すべて語ることはなくとも、お互いがわかり合えた気がして、亥乃と勘八は灯明越しに見つめ合う。

ほんのひとときだけ、ふしぎな空気がふたりのあいだに流れた。

ところが、そんな雰囲気を破ったのが、おもてから聞こえてきた、重たいものが地面に落ちるような音だ。

亥乃と勘八は我に返り、格子窓越しにおもてへと目を向ける。

嵐の名残で吹くつよい風が、木の枝や屑でも運んできたのかとも思ったが、それにしては、物音に重みがある気がしてならない。

「まさか」

亥乃と勘八は同時に立ち上がる。背の高い勘八だけが低い天井に頭をぶつけたが、いまはそんなことを気にしている場合ではなかった。勘八が腰の刀に手をやり、亥乃は灯明を持って、小屋の引き戸をそっと開けた。嵐のあとの生ぬるい風が頬を撫で、濃い霧が視界をおおう。

「音は、どのあたりからしましたか」

「たぶん、あちらから」

つよい風で霧が吹き飛び、月明かりも差し込んできて、あたりがうっすらと明るくなった。小屋から離れてしばらく進むと、ふたりの行く手に、鯨塚の姿が浮かびあがる。

亥乃は、鯨塚へ灯明を差し向けた。

「あっ」

亥乃と勘八、ふたりは、ほぼ同時に息を呑んだ。

予想通りというか、なんと鯨塚のたもとには、何かが包まれた小袋が置かれていた。日暮れ前、勘八がここを通ってきたときには、なかったものだ。

勘八が、塚のたもとに置かれた小袋を手に持ってみた。中身は硬質で、ずしりと重い。形状からしておそらくは金子だ。

「今回もだいぶ中身が詰まっていそうですね」

「鯨の恩返しの言い伝えによると、竜宮の宝玉を取り返してもらったお礼に、潮吹きとともに金銀財宝をばら撒いた。それとおなじような大雨のつぎの日に、鯨塚のそばに置かれる金子」

「これもまた、鯨の恩返しなのかどうか」

金子が入った小袋の口は、紐でしっかり縛られていた。だが、その紐は、麻などの糸とは感触が異なるし、袋を縛るだけにしてはだいぶ長さがあるようだ。すこしふしぎに思い、勘八は、あたりを見回した。

ふと顔をもたげると、塚の裏手に銀杏の大木があることに気づいた。大木をしげしげと眺めたあと、勘八は亥乃に確かめる。

「さっき、なにかが落ちた音がしましたよね。高いところから、重さのあるものが落ちたような」

「えぇ、たしかにそんな感じの物音でしたね」

「たとえば、塚の向こうにある銀杏の木の枝から、この金子が入った袋を落とすとしたら……」

小袋を持ったまま立ち上がった勘八は、裏手にまわり、塚の上にまで伸びた枝に小袋の紐をくくりつけてみた。それから、紐の結び目を緩め、小袋を地面に落としてみる。

ドサッ
いましがた、小屋のなかで耳にしたのとおなじく、重い音が立った。

「ほんとうに鯨の恩返しなら、わざわざ木の枝に袋を紐でくくりつけ、雨のせいで結び目が緩んで塚のたもとに落ちるような仕掛けは、しないはずですね」

足もとに落ちた小袋をもう一度拾った勘八は、袋の口を結んである紐の感触を確かめた。麻紐などとは違い、手触りは滑らかで、水に濡れると、たしかに結び目が緩んでしまいそうだ。

　勘八の横から亥乃も手を伸ばし、紐に触れてみた。

「比野さま、この紐はなにでできているのでしょう。麻でも絹でもない、そういったものとはまったく違うような」

「えぇ、これは、おそらく」

　勘八は、紐を指でなぞりながら、しばし考え込んでいた。


　何艘もの桁船が行き交う品川浦。

　早朝、漁師は、漁師町の鎮守である寄木《よせぎ》明神社《みょうじんしゃ》にお参りをしていた。毎度のことだ。漁の無事と豊漁であることを願う、この町の漁師であれば誰もが行うことだった。

　だが、この漁師は、ほかにもひとつ祈ることがある。

「今日も、三吉が息災でありますように」

　という、利田神社に住む、身寄りのない、鯨の恩返しを信じる少年の行く末を案じ、幸せを願うものだった。

「仙蔵《せんぞう》さん」

その日の正午前、早朝からの漁から戻ってきた品川浦の漁師たちは、捕れた魚を下ろしてから、底引き網を片付けているところだった。

仙蔵と呼ばれた、以前浜辺でひとり網を繕っていた漁師は、「やあ、またあんたらか」と、亥乃と勘八のふたり連れを、やや疲れた顔で出迎えた。

亥乃は、仙蔵の前に進み出る。

「この前はどうも。鯨騒ぎも一段落して、漁に出られるようになったんですね」

「あぁ、噂で流れた鯨らしき影っていうのが、じつは、どこからか流れてきた難破船の木材だったみたいで。鯨じゃないってわかったんだよ。見物客も引けたし、いつも通り漁に出られることになった」

「よかったですね」

「漁に出られなきゃ、おれたちは飯にありつけねぇからな」

一見陽気にふるまいつつ、仙蔵は使い終わった網を破らないように丁寧にたぐっていく。手を動かしながら、ふとあることに気づき、亥乃たちのほうにあらためて視線をうつした。

「おや……ところで、どうしておれの名を知っている？　このあいだ会ったときに名乗ったかね」

「いいえ」

首をかしげる仙蔵に、亥乃はかぶりを振ってみせた。

「利田神社の宮司さんに聞いたんです。あなたの名を」

「……」

「仙蔵さんが、十年前に、一度だけ利田神社を訪ねたことがあるとおっしゃっていました」

仙蔵がこたえにつまっていると、亥乃のとなりにたたずんでいた勘八が、袂《たもと》から何かを取り出して、仙蔵の目の前に差し出した。よく見るとその手は震えていたが、勘八は意を決して口を開いた。

「これは、仙蔵さんが置いていかれたものですね」

勘八が差し出したのは、長い紐で口を結わえた小袋だ。袋の中身はずっしりと重みがありそうで、動かすたびに、硬いものが触れ合う音がする。

昨晩、鯨塚のたもとに置かれていた――いや、塚の裏にある銀杏の木に紐でくくりつけられていたもので、雨で濡れることにより結び目が緩み、たもとに落ちてきたものだった。

勘八は小袋の中身よりも、紐のほうを指し示す。

「この紐は鯨の髭ですね？」

「……わかるんですかい、お侍さん」

「以前に、鯨漁を生業とする平戸《ひらど》の漁師が江戸に来ていて、会う機会がありました。鯨の髭は漁師のお守りだということでしたが、たいそう珍しいものなので、頼み込んでゆずってもらったんです」

五両で、と勘八が付け足すと、仙蔵は驚いたように目を丸くした。

「へぇぇ、鯨の髭を五両で。変わったお侍さまもいるものだ。漁師と触れ合ったり、鯨のことに興味を持ったり、鯨の髭を欲しがったり」

「わたしの役目ですから。我が殿は、珍しい獣や植物にたいへんな興味を持たれていて、鯨漁の漁師に会うことがあったとき、どうしても珍しいものを持って帰ってこいとおおせになった。わたしは鯨の髭を本物と見込んで、ゆずってもらいました」

「世の中には、ふしぎなお侍さまもいれば、変わったお殿さまもいるもんですねぇ」

「鯨の髭なんて珍しいものは、なかなか手に入らないですからね。殿も、五両であればたいそう安い買い物だったと、喜んでおられました」

勘八にしては頑張って語り終えた。あとを亥乃が引き受ける。勘八が持っている小袋から鯨の髭をほどき、仙蔵に突きつけた。

「仙蔵さん、あなたは、もとは平戸の漁師だと、利田神社の宮司さんに名乗ったそうですね」

「そうだったかね。あそこに立ち寄ったのは、ずいぶんと前のことだから、あまり覚えちゃいねぇが」

「たしかに、十年前、利田神社にあなたは通ったのですよ。当時の宮司さんも忘れられるはずがありません。なんといってもあなたは、生まれて間もない赤子を、宮司さんに預けにいったのですから。自分ではとうてい育てられそうもないから、鯨との縁が深い利田神社に、赤ん坊をまかせたいってね」

「……」

ついに仙蔵は押し黙ってしまった。

網を繰るのをやめ、自らの海水でふやけた手をじっと見つめている。

「十年前、利田神社に預けられた赤ん坊、三吉ちゃんは、あなたの子どもなんですよね。仙蔵さん」

亥乃がさらに問いかけると、しばらくの沈黙のあと、仙蔵は「あぁ、そうだよ」とゆっくりとうなずいた。

「おれぁ若気の至りでできた坊主を、ついに育てられず手放した。利田神社の宮司に託したんだ。ところがどうだい、実の子を捨てたっていうのに、それでも子のことが気になって、平戸に帰らず品川浦にとどまって、あいつの様子を遠くからうかがってるってわけだ。あいつを育てる責も負わねぇで、名乗り出ることもできずに、ただただ遠くから見守っているだけだ。とんだ根性なしだ」

自嘲ぎみに口元をゆがめてから、網をほうりだした仙蔵は、浜辺であぐらをかいた。砂浜を拳で叩くと、今度は、自分の頭をこぶしで殴りはじめる。

やめてください、と亥乃が止めるまで、仙蔵は自らを殴るのをやめなかった。

「仙蔵さん、ほんとうは三吉ちゃんを手放したくなかったんでしょう」

「それでも、捨てたことには変わりねぇよ。おれが、やつの母親を不幸にして、死なせちまって、やつのことも手放した。いまさらどの面さげて、父親だと名乗れるってんだよ」

三吉を手放したとき、二度と会わないつもりだったと、仙蔵は語る。

いったんは故郷に帰ろうとしたこともあった。だが、けっきょくは三吉のことが気になって江戸に残った。このあいだのように、三吉が海辺に遊びにくることも度々あったろう。その様子を声もかけずに見たこともあったろうし、ときどきは、話しかけることもあっただろう。だが、どうしても、

「おれが、おめぇの父親だ」

と、名乗り出ることはできなかった。

頭を抱える仙蔵のそばで、亥乃は、つぎの言葉をためらった。

けれど、どうしても仙蔵に言わなければと、おもいきって切り出した。

「仙蔵さんは、三吉ちゃんに気づいてほしかったんじゃないですか。あなたが、じつの父親だって。三吉ちゃんへの償いのために、鯨の恩返しを装って金子を置いていったのは、わかります。でも、鯨の恩返しを装いながらも、どこかで三吉ちゃんに気づいてほしかったんです。あなたが、金子を置いた当人であることを。だから、鯨の髭なんかを使った。あなたがかつて平戸の鯨漁の漁師だったから」

「まいったなぁ」

仙蔵は天を仰いでから、波間に視線を戻した。

「お嬢さんには、なにもかもお見通しってことですかい」

押し寄せるさざ波が、仙蔵のつぶやきをかき消してしまいそうだ。

だが、覚悟を決めたのか。仙蔵は、はっきりとした声音で、事のしだいを語り出した。

鯨漁が盛んな平戸から、仙蔵が逃げてきたのは十八のときだった。

平戸の漁師は、鯨という巨大で神秘的な獣を扱う集団であるし、命がけの漁でもあるから、仲間内での決まりごとやしきたりは厳しい。

若い仙蔵には、それらのしきたりが、ただの古臭いものに映った。

仲間内でも下っ端で、道具の手入れや食事当番だったり、水夫にすら連なることができない不満が、若い体のなかで弾けてしまった。辛抱が足りなかったのだ。そしてついに平戸から逃げた。体も人一倍大きく、銛や網の扱いにも長けていたこともあり、どこへ行っても漁師としてやっていけると高をくくっていた。

「若気の至りというには、あまりにも愚かなことをやっちまった」

仙蔵は苦く笑う。

「あちこちの漁場に行ってみたが、思い知ったのさ。やい、おれは平戸の鯨漁師だと名乗ったところで、いったん仲間内から逃げ出した若造を、ほかの漁場の者たちが受け入れてくれるはずもねぇ。近隣の海では、結局、どこの組にも入ることができなかった。だからはるばる江戸までやってきた。そして、おきぬに出会った」

「おきぬさんというのは」

「三吉の、母親だい」

仙蔵がこたえると、亥乃は「やはり、そうなのか」と、目の前のくたびれた漁師を見つめた。

おきぬは、この品川浦で海苔作りを手伝う娘だった。

品川浦は、全国にも知れた海苔作りの名所なのである。時季になると、浜辺には海苔を乾かす台がところ狭しと並べられる。その景色は壮観だ。

江戸でやることもなくくすぶっていた仙蔵は、やはり海が懐かしく、品川浦によく通った。そこでおきぬと出会った。やがて恋仲になり、仙蔵はおきぬと所帯を持つためにも、品川浦の漁師組に入れてもらわねばならぬと、ほうぼうの漁師たちに頼み込んだ。

仙蔵の過去を察していた品川浦の漁師たちのなかには、やはり、仙蔵を入れることに反対だった者もいたという。だが、おきぬと恋仲だということも知れていたので、仙蔵を見習いから入れてみては、という話にまとまった。

「だが、根っからの根性なしのおれは、辛抱ができなかったんだ」

見習い稼業は、十をいくつか過ぎたくらいの小僧たちがやることだ。それらの小僧と一緒になって、二十歳も過ぎた仙蔵が、漁師たちの身のまわりの世話だとか、掃除洗濯、食事の支度などの、下働きをするのだ。漁の方法を教えてもらえないのはもちろん、船にだって乗せてはもらえなかった。すると半年も経たないうちに、

「やってられねぇ」

と、覚悟が足りなかった仙蔵はたちまち音を上げた。

そして、漁師たちと衝突することも多くなり、ほかの小僧たちにも侮られ、またも漁場を逃げ出した。

二度までも、おなじことをやってしまったのだ。

「そのときおれは、おきぬが身ごもっていたことなんて知らなかったんだ。知ったのは、あいつが三吉をひっそりと産み落としてから、肥立ちが悪く、身罷ったときだった」

おきぬの具合が悪いと知らされたとき、仙蔵は、品川宿で牛太郎の真似事をしていたさなかだった。駆けつけたときにはおきぬは亡くなり、赤ん坊だけが残った。しかし当時の仙蔵に、赤ん坊など育てられるはずもなかった。迷い迷ったあげく、元は鯨漁師だったこともあり、鯨塚がある利田神社になにか縁を感じ、そこに三吉

を預けたのだ。

語りながら、仙蔵は当時のことを思い出したのか、目頭をおさえた。

「おれは宮司さんに名乗った。平戸の出で、鯨漁をやっていた、仙蔵だと。だが、当時の宮司さんは、二度と三吉のもとへはあらわれないでくれと言ってきた。父親が生きていながら捨てられたと知ったら、三吉は傷つくだろう。だから、父親も母親も、もうこの世にはなく、仕方なく神社に預けられたのだと、そう信じていたほうが、三吉にとっては幸せだろうから、と」

「仙蔵さんは、それでいいと思ったのですよね」

「あぁ、宮司さんのおっしゃることは、もっともだと思った。こんな駄目な父親なんか、いねぇほうがいいと。だけど、だけど……」

過去の不義を詫び、見習いから品川浦の漁師組にふたたび入ったのは、利田神社の近くに住み、三吉の成長をひそかに見守るためでもあった。遠くから、無事を確かめることができればよいと思った。利田神社には近づくことができないから、漁師町の鎮守である寄木神社に、毎日のように三吉の息災を祈った。

五年をかけてみっちり心根を叩きなおされ、見習いをつづけ、やっと漁師組に正式に入れてもらえたのが、五年前のことだ。仙蔵は真面目にはたらいた。酒も断ち、品川宿の遊興街には決して近づかなかった。真面目につとめをしていれば、金も貯まるし、後妻の話も持ち上がったが、すべて断り、ひたすら身を粉にして漁をつづけた。

そしてある日、暮らしに余裕ができたころに、ふと、思ってしまったのだ。

三吉の前に、いまさら父親だと名乗りに行けるわけもないが、何かしらの手段で、三吉を助けてやりたい、と。親としての責を果たしたいと。おきぬに迷惑をかけたぶんを、三吉に返したい——と。

だから仙蔵は、漁で得た金子をけっして己の遊興には使わず、ある程度の金子が貯まったところで、三吉にひそかに届けたのだ。

鯨の恩返しという、話を模して。

けっして自分がやったことだとわからないように。

鯨の恩返しの顚末を聞いた島津重豪は、

「なぁんだ、鯨の恩返しとは、やはり人が物語の真似事をしていただけであったか」

と、アヒルの竹千代の羽づくろいをしながら、たいそう不服そうにため息をついた。

それでも、健気な三吉少年が、この鯨の恩返しがきっかけで、父親と暮らすことができるようになったことを聞くと、一転して大いに喜ぶのだ。

「そうかそうか。それならよかった。ずっとひとりぼっちで、寂しい思いをしていただろうから、ほんとうの父親があらわれて、どんなに嬉しいことだろうな」

主君がひとまず納得してくれたので、鯨の恩返しを調べていた勘八も、ほっとひと息つく。

「三吉少年にしてみれば、金子などより、父親が名乗り出てくれたことこそが、鯨の恩返しだと思っているかもしれませんね。亡き母親の思いも届いたのでしょう。鯨は、親子の情愛が深いと聞きます。亡き母親の思いが、父親と三吉少年にも届いたのだと思います」

「親子の情愛……ねぇ」

しみじみと重豪がつぶやくと、かたわらに控えている堀田研之助が、すこし気がかりそうに主君を見つめた。

だが勘八には、このときの研之助の視線の意味が、まだわからなかった。

わからないままに、主君の寂しげなつぶやきだけが、なぜか心に残る。

「鯨ですら、親子はつよい情愛で繫がっているというのに。わしら親子ときたら……」

「重豪さま」

「うむ、そうだな堀田。いまさら愚痴を言ったとて仕方がない。さて勘八よ。このたびはよく調べてくれた。ほんものの鯨はおがめなかったが、鯨の恩返しにまつわる面白い話を聞かせてもらった。三吉には、亡き母親の分も幸せに暮らすよう伝えておくれ」

「はい、殿。つつがなく、そのように伝えておきます」

勘八は一礼し、主君の前から辞去した。


三吉少年の姿は、この日も、品川浦の浜辺にあった。

だが、このときは、利田神社の小僧としてではない。品川浦の漁師、仙蔵の息子としてだった。

神社にいた頃よりも、はつらつとして元気そうに見えるのは、気のせいだろうか。

数日前、三吉少年の父親仙蔵は、利田神社へ出向き、自分は三吉の父親だとついに名乗り出たのであった。突然の申し出に、三吉はいったんは呆然としながらも、

「やっぱりそうだったのかい」と泣きじゃくったそうだ。

仙蔵は、泣きつづける三吉の前で、鯨の恩返しをよそおって金子を置いていたことや、亡きおきぬのこと、そして十年前に三吉少年を神社に預けたことなどすべてを話し、地べたに額をこすりつけながら詫びた。

「ほんとうにすまなかった。いまさらなにを言おうと遅いし、お前や、お前の母親にしたことは許されることじゃねぇ。だが、どうしても、お前におれが父親だと知ってほしかったんだ。お前をずっと気にかけていたのは、鯨なんかじゃねぇ、この父親だってことを、わかってほしかった。お前たちにしたことはほんとうに後悔している。どんな罰でも受ける。いかに罵られようともかまわねぇ。それでも、お前に知ってほしかった」

三吉は涙をぬぐってから、地べたに額をこすりつける仙蔵の前へ進み出て、「おとっつぁん」と、ぎこちなくつぶやいた。

三吉の言葉に、顔を上げた仙蔵は驚きに目を見開いた。

「こんなおれを、おとっつぁんと呼んでくれるのかい」

「よかった、嬉しい。おいらにも、おとっつぁんがいたんだね。ひとりぼっちじゃなかったんだね。浜辺の漁師のおじちゃんが、おいらのおとっつぁんだったらどんなにいいかって、そんなこと、もう思わないでいいんだね」

その言葉に、仙蔵もまた目から溢れるものを止めることができなかった。

「すまねぇ、三吉……寂しい思いをさせて、すまなかった」

「おとっつぁん」

「三吉」

「もっとはやく、会いに来てくれたらよかったのに」

その言葉が、三吉が父親を許した合図でもあったろう。

以来、三吉は利田神社を出て、いまは仙蔵の息子として、漁師見習いをしている。神社を出てからたった数日だというのに、いまは見違えるように日に焼けて、手足もひとまわり太くなったようだ。のびのびと育っている。これから、もっと逞しい男になるだろう。

品川浦の浜辺で、三吉の姿を遠目に見ていた亥乃と勘八は、にっこりとほほえみあった。

「三吉ちゃん、あんなに嬉しそうに。よかったこと」

「ほんとうですね」

「神社にいた頃は、いかにも聞き分けがよさそうな、利発そうな子どもだったけど。あぁして駆けずりまわっているところを見ると、年相応の子どもだったのだと思いますね」

昔々、鯨が迷い込んできた海辺を、鯨にまつわる少年が、いきおいよく駆けていった。沖から、漁を終えた桁船が帰ってくるところだ。三吉は、一艘の船へ向かって、大きく手を振っている。船の上からも、父親が手を振り返してくる。

その様子を、亥乃も勘八も、まぶしげに見つめた。

見つめながら、ふと、勘八は口を開く。

「鯨は、母と子で海を泳ぐといいます。子どもが独り立ちできる、その日まで。おきぬさんも、そうしたかったでしょう。三吉少年が元気に育つところを見たかったでしょう。いまもきっと、仙蔵さんと三吉少年のことを、おきぬさんが見守ってくれています」

「鯨の情愛は、深いのですね。人とおなじくらいに」

「えぇ、きっとそうです」

浜辺からは、大漁を祝う漁師たちの歓声が聞こえてくる。

三吉少年の「おとっつぁん！」というはつらつとした声も。

潮風と歓声を背に受けながら、亥乃と勘八は、ゆっくりとその場から遠ざかった。

一度だけ振り返りながら、亥乃は、三十年前にあらわれた鯨の姿に思いをはせる。

「あたしも見てみたかったなぁ、鯨を」

「いつか見ることができますよ」

「比野さまも、とうてい諦められませんものね？」

「はい、鯨をこの目で見るまでは、何度も、この浜を訪ねます」

「きっと、美しい、美しい、生き物なのでしょうね」

「きっと美しい、生き物ですよ」

勘八の声は、嬉しそうに弾んでいた。

牛町の紅べこ

うしまちのべにべこ

この日、勘八は留守であった。

いや、この日も、というべきか。

高輪界隈、東禅寺近くにある薩摩藩下屋敷の門前、亥乃はすっかり顔なじみになった門番に、

「今日も、比野先生は出かけられました」

と、門前払いを食わされてしまった。これで四日連続だ。

近所の堀に迷い込んだ小亀を診察してもらおうと、わざわざ盥《たらい》に入れて持参した亥乃である。今日こそ会えると思って来てみたものの、またも出端をくじかれた。

「比野さまったら、ここのところ、いつもいないのだから」

先週から、二度、三度と通っているが、いつも空振りだ。薩摩藩下屋敷内蓬山園の管理人、御鳥方の比野勘八は、いったいどこで何をしているのか。

下屋敷からの帰り道をしょんぼりと歩きながら、亥乃はふと考える。

「こうも頻繁にお出かけになるなんて。まさか、お屋敷の外に女の人ができたと

か?」

想像して自分でもおかしくなった亥乃は、笑い飛ばそうとして笑い飛ばせなくなり、神妙なおももちになる。

「……そんなばかなこと。いやでも、あれでも殿方。しかし、あの方にかぎって」

いたって生真面目で、朴念仁で、ろくに外出もしないで、人よりも獣とのほうが心通じ合うような勘八が、つとめもそっちのけで女と遊んでいるとは思いたくはない。が、最近まで色恋とは無縁だった自分でさえ、勘八に会うため、どこからか患畜を連れてきては島津さまのお屋敷にのこのこやってきているのだ。勘八が恋をしたっておかしくはない。

「いやだ、そんな……」

亥乃の焦る気持ちとはうらはらに、盥に張った水のなかで、小亀は優雅に泳いでいた。


下屋敷からの帰り。

「あの比野さまにかぎって」と否定しつつも、どうにも気がかりになって訪ねてみたのが、高輪牛町《うしまち》にある茶屋だった。

品川宿にほどちかい高輪界隈は、旅人や大名行列がよく通るので、表通り沿いの茶屋や小料理屋はいつも盛況だ。亥乃が立ち寄ったのは、通りの一角にこぢんまりとたたずむ茶屋だった。そこで、おみつがはたらいているのである。

おみつは、三ヶ月ほど前、蓬山園に紛れ込んできた鸚鵡を発端として知り合った女で、三井屋という両替商への借金のかたに、そこに長年住み込みで奉公していた。亥乃と勘八がかかわることにより、おみつは借金を返しきり、三井屋の奉公からも解放され、父親のもとに帰ることができた。

いまは病身の父親を看病しつつ、牛町の茶屋につとめを変えたのだ。三井屋で奉公していた頃は辛抱の日々で陰気な顔でいたものだが、いまは活き活きと額に汗して立ち働いている。

高輪牛町の茶屋「べこ屋」はちょうど昼飯時で、おもての腰掛まで満員だったが、忙しく立ち働くおみつが亥乃を見つけてくれた。

「あら、亥乃ちゃんじゃない。いらっしゃい」

「こんにちは、おみつさん」

挨拶をしてから、亥乃は自らの恰好を見おろした。いつもどおりの地味な絣《かすり》の単衣である。いっぽう茶屋の女中の格好をしているおみつは、薄紅色の着物に襷掛けをし、化粧もあでやかだ。年も二十二歳の女盛り。店のなかには、おみつ目当ての客もいるらしく、ほうぼうから「おみっちゃん、おみっちゃん」と声が飛んでくる。

おみつは、ためらう亥乃の手を取って、店のなかに招き入れた。

「よく来てくれたね。今日はひとり?」

「え、えぇ、ひとりです。あと、今日はご飯を食べにきたわけではなくて。おみつさんに聞きたいことがあって」

「なに、どうしたの」

にこやかに問うおみつの表情が、亥乃にはまぶしかった。そして、勘八が女の人のもとに通うとしたら、おみつのところなのではないか。そう考えてしまった自分が哀しくなった。

気後れしながらも、亥乃は、おみつにおもいきって尋ねてみる。

「おみつさん、近ごろ、比野さまをお見かけしませんでしたか?」

「比野さまって、薩摩藩士の比野勘八さま? あなたと一緒にあたしたちを助けてくれた。人の目を見て話さない、頼りなさそうな、獣好きの、比野さま?」

「は、はい、それです、その方です」

「でも、おやさしい方よね。獣相手のときは堂々としているし」

「はぁ」

「あたしね、あぁいう人ほど、旦那にするには案外いいと思っているの。だって偉そうにしないし、不義もはたらかなそうだし、なにより江戸詰め藩士だなんて暮らしが安泰じゃない！」

「……」

思いがけずおみつが勘八を誉めまくるので、亥乃は気圧されて何も言えなくなってしまった。

亥乃の反応を受け、おみつはおかしそうに笑っている。

「町娘のあたしが、お侍さまと一緒になるなんて難しいけどね。とはいえ、向こうが望めば、どこかに養子縁組したりして、方法がないわけではないじゃない。うん。まぁ、あまり気にしないで。そういえば亥乃ちゃんは、比野さまを探しに来たんだっけ？」

「は、はい……」

「だったらご明察。比野さまは、ここのところ三日にあげず、うちの店に通ってくださっているわよ」

「……三日にあげず？」

――比野さまが、おみつさんのところへ？

衝撃のひとことに、亥乃は面食らった。

ついで、これまで感じたことのない激情が、胸中で渦巻いていくのを感じていた。こんな感情を抱く己が信じられず、どうしていいかわからなくなって、亥乃は両手で胸をおさえる。

その様子を見たおみつは、「言い過ぎたかな」と苦笑いしてから、亥乃に空いている席をすすめた。

「亥乃ちゃん、ちょっとそこに座って。いまお茶をあげるから」

「いえ、あたしは……これで」

「いいから、飲んですこし休んでいきなさいって。店が落ち着いたらすぐに戻るから」

促されるまま腰掛に座った亥乃は、おみつが淹れてくれた熱い茶をすすった。おもてはまだ夏の名残りがあるが、ほっとひと息つくには、熱いくらいがちょうどよかった。

しばらく腰掛で休んでいると、客足が一段落したのか、おみつが亥乃のとなりに座り込む。

「亥乃ちゃん、さっきは悪かったわね」

「はい？」

「意地悪を言ってしまって」

「意地悪、ですか？」

亥乃が問い返すと、そう、意地悪なの、と、おみつは赤い口元でほほえんだ。

「だって、亥乃ちゃんを見ていたら、ついからかいたくなっちゃって。あぁ、亥乃ちゃんは、ほんとうに比野さまを慕っているのだな、若いっていいなって、思ってしまったの」

「……………」

「ほんとうのことを言うとね、比野さまが三日にあげず通ってくるっていうのは、ただ、おつとめの合間に、うちのお店のご飯を食べにきているだけ。比野さまは、この近くにある牛小屋に詰めているのよ」

「牛小屋？」

拍子抜けした亥乃は、目をしばたたいた。

「牛小屋にいらっしゃるのですか。べこ屋に通っているのは、たまたま近所にあるから？」

あからさまに安堵のため息をつく亥乃を、おみつはかるく睨みつける。

「亥乃ちゃん、いまほっとしたでしょ。顔がほころんでる。わかりやすいったら」

「気のせいです」

「あ、かわいくないな。そんなこと言っていると、あたしも比野さまのこと諦めないよ。いいこと、いま比野さまはご飯を食べに通っているだけかもしれないけど、通ううちに、あたしのことを、まんざらでもないと思うかもしれないんだからね」

「そんな、さっきは、からかってみただけって言ったじゃないですか」

「人の心はうつろうものよ」

「ひどい……」

怨めしそうな視線を投げかける亥乃に、おみつは快活に笑ってみせた。

高輪牛町——牛町というのは俗称で、正式な名称を芝車町《しばくるまちょう》という。

俗称の由来は、東海道沿いにある町中一帯が、牛車を用いた輸送業者街であるからだ。

町中には七軒の牛持ち業者があり、各敷地内に牛小屋が建ち並び、もっとも多いときには千頭以上の牛がいたという。この牛たちは幕府の御用をつとめ、物資や米穀などを運送したほか、御用がないときには各問屋の荷物輸送を行っていた。いわば江戸の陸上輸送の要である。

著名な歌川広重《うたがわひろしげ》の江戸名所百景のなかにも、高輪海岸と称し、牛と海が描かれた錦絵がある。それだけ、このあたりは牛が多いことで名が知れていた。

その牛町にある牛持ち業者のひとつ「湊屋《みなとや》」に、勘八は詰めているという。

亥乃が湊屋を訪ねてみると、勘八は女性と逢引どころか、人ですらない牛たちと戯《たわむ》れているところだった。

「おや、これは亥乃さん。こんなところまでどうしました?」

おみつの言っていたとおり、勘八は、いつもの白い筒袖と袴といういでたちで、牛にまみれてそこにいた。

湊屋は思っていた以上に広い敷地を有していた。周囲は板塀でおおわれており、表門を入ると、その向こうに牛小屋と蔵とが連なっているさまが一望できる。掃除が行き届いた牛小屋のなかでは、柵と紐で繋がれた牛たちがのんびりと過ごしていた。

白黒模様の牛が多いなか、珍しい赤毛をした一頭に寄り添っていた勘八が、亥乃の姿に気づいて手招きをしてくる。

柵に繋がれている牛たちの間をすり抜けながら、亥乃は、勘八のもとまで駆け寄った。

「すごい数の牛たちですね」

「えぇ、どうです。ここの牛たちの肌艶、毛並み、尻尾の先まで。つやつやとしている。大事にされている証です」

「ほんとうに」

亥乃が同意すると、勘八は我がことのように顔をほころばせた。

人よりも、こうして牛たちといるほうが楽しそうなのは相変わらずだ。

それでも、勘八が女と逢引などしていないことがわかった亥乃は、嬉しそうに笑みを浮かべる。

「先刻、下屋敷にお邪魔したのですが、お留守だというので、おみつさんに聞いてここに来ました」

「そうでしたか。すみません、殿からの頼まれごとで、しばらくこの牛小屋に通うことになったのですよ。もしかして、今日も患畜を連れていらしたのですか？　お芋ちゃんが糞詰まりですか？　それとも饅頭猫の食べ過ぎ？　すぐに帰って診療したほうがいいでしょうか」

「いえいえ、堀で小亀を拾ったのですが、亀を世話するのははじめてなので、比野さまに世話の方法を聞こうと思っただけなんです。急ぐことではないので、日をあらためて伺います」

「そうでしたか。亀もかわいいですよね。また今度ご相談に乗りますね」

「よろしくお願いします。ところで比野さま」

「はい？」

「こちらにはお殿さまからのお言いつけでいらしたとのことですが。ここで、なにをしていらっしゃるんですか？」

「牛たちの回診ですよ」

ことともなげに言って、勘八は赤毛の牛の背中をさすった。

詳しく聞くと、勘八のお殿さま——薩摩藩隠居の島津重豪が、とある大名どうしの集まりで、「我が家中に珍しい獣医者がいる」と喧伝してしまったらしい。以後、どこかの大名から家臣へ、その家臣から牛町の総名主の耳にも噂が入った。

総名主は、知り合いの薩摩藩士に頼み込んできたという。

「これもよい機会ですから、町の牛すべてを、ご家中の獣医者に診てもらえないでしょうか。牛は、我らの宝、生きていくための糧《かて》でございます。牛に万一のことがあっては……はやり病などが広がってしまえば、我らは寄る辺を失います。どうかなにとぞ」

くわえて、報酬ははずみますぞ、というわけである。

報酬はともかく、江戸屋敷がある近隣の民衆に頼まれれば、度量を見せねばならない大名である。「さすがは島津さま」と思わせたい。なにより島津重豪は、勘八が獣にかかわる面白い話を持ち帰ってくることを、なにより楽しみにしているのだ。

だから重豪は、

「こういうわけだから、勘八、ちょっと牛の回診をしておいで」

と勘八を送り出したのだという。

話を聞き、亥乃は呆気に取られた。

「ちょっと回診を……といっても、町中の牛といったら何十頭いるんですか？」

「何十頭どころではありません。ここ湊屋さんだけでもざっと百頭、町全体の牛持ちを合わせると五百頭はいるでしょう。しかも運送で出払っている牛たちもいますから、帰ってくるのを待ち、交代で診なければなりません」

「それをすべて診察しろと？」

「はい。ですから、ここ数日、蓬山園を不在がちにしていたのです」

そういうことだったのか、と亥乃はあらためて胸を撫でおろした。

「やっぱり比野さまは、女の人と逢引なんかしているより、獣たちと戯れているほうが活き活きしているのだわ」

牛を一頭一頭、目の充血を見たり、口のなかをのぞき込んだり、体の張りを確かめたりしている勘八は、まさに一所懸命だ。

亥乃は、そんな勘八が、「比野さまらしい」と思い、ついほほえんだ。

安心したところで、勘八の邪魔をしても悪いからと、亥乃は辞去を申し出る。

「では、今日はこれで失礼します。また寄らせてもらいますね」

「えぇ、ぜひとも。また牛を見に来てあげてください」

牛を見たいのではなく、勘八に会いたいのだと言いかけ、けっきょく言えるわけもなく、亥乃は「また牛に会えるのを楽しみに」と言葉を濁した。

とはいえ、再訪の約束をとりつけた亥乃の心ははずむ。

今度来るときは、おはぎでも差し入れしよう。できれば手作りのおはぎを。このあいだは失敗してしまったけど、今度こそ自分の手作りを持参するのだと心に誓った。

「ではまた。亀のことでも、近々ご相談させてくださいね」

一礼して亥乃が牛小屋を立ち去ろうとしたところ、裏手から、小屋にひょっこりとあらわれた人物があった。

「比野先生、今日もお手間をおかけします」

「これは政助《まさすけ》どの」

牛小屋に入ってきたのは、政助、と呼ばれた若者だった。『湊屋』と染め抜かれた半纏《はんてん》を羽織っているので、湊屋の奉公人だろう。勘八と同年代くらいだろうか。取り立てて男前がよいわけでもないが、やさしげな雰囲気も似通っていた。

政助が亥乃の姿をみとめると、初対面のせいか、「誰ですか？」と緊張した声をあげる。

――この方、比野さまに似ている。

亥乃は若者に会釈をした。

「勝手に入ってきて申し訳ございません。わたし、新川亥乃と申します」

「わたしの診療所によくいらしてくださる、臨時廻り同心のお嬢さんなのですよ。亥乃さん、こちらは政助どの。湊屋に子どものころから奉公していて、牛のことは誰よりも詳しい牛飼いです。若いのに大したもので、わたしも教えられることがたくさんあるのですよ」

「いえ、比野先生の博識に比べたら、おいらなんて、たいしたことはありません」

恐縮しながらも、政助は、

「だから毎日、先生のもとで勉強させてもらっています。おいらも獣を診られる医者になりたいんです」

と、控えめながらも力づよく語った。

なるほど、そういうところも勘八に似ているのだと、亥乃は得心した。

「牛がお好きなのですね」

「好きというか、なくてはならないものです。おいらの生まれ故郷でも牛をたくさん飼っていて、荷運びにも田畑を耕すにも欠かせない。だから、牛の体を診られる人間がいれば、村の暮らしはもっともっと楽になるはずなんです」

だから、湊屋でしっかりはたらきながら、いつか牛を診られる人間になって、故郷に帰りたいのだと政助は言葉をつづける。

「いま比野さまが診てくださっている牛は、おいらが実家で取り上げたやつで、兄弟のように育ったんです。おいらの言うことはなんでも聞くし、実家にいるときから群を抜いてはたらき者だったんで、湊屋に奉公するときに連れてきたんですよ」

紅牛のことを語るとき政助は嬉しそうで、そんな政助を見る勘八の顔もほころんでいて、亥乃もまたほほえみをもらした。

「比野さまったら、なんだか、お仲間ができたようで嬉しそう」

人間よりも獣相手をしているほうが性に合っている勘八が、はじめて友誼《ゆうぎ》めいたものを感じる相手ができたのではないかと、亥乃も嬉しくなったのだ。

「これでは、湊屋に入り浸るのも無理ないわね」

内心そんなことを考えているとき、ふと、亥乃は、背後にぴりっとした気配を感じていた。視線をゆっくりと後方へ動かすと、牛小屋にいたほかの奉公人たちが、鋭い視線をこちらに向けてきていることに気づく。いや、奉公人たちが見ていたのは、亥乃たちというよりは、政助に対してだった。

「はっ、あいつまた牛が兄弟だとか言ってるぜ」

「だから湊屋《うち》の旦那に気に入られてるんだろう。あの医者もそうだが、牛に言うことが通じるとか、揃いも揃って変人だらけだ」

そんな悪意に満ちた奉公人たちの会話もまた、かすかに届いてきた。

——あの人たち、ひどいことを言うのね……。

不穏な気配を察した亥乃は口をつぐんだ。すると政助もそれに気づいたのか、自分を睨んでくる相手を見返してから、すぐに目を逸らした。

勘八だけが何も気づかず牛の診察をつづけている横で、政助は亥乃に目くばせする。

「あいつらのことは気にしないでください」

政助は、そう語っているようだった。

亥乃も察する。若いのに能力のある政助は、おそらく奉公人たちのなかでも浮いてしまっているのではないか、と。妬みはどこにでもあるものだ。亥乃でさえ、先刻まで、おみつに嫉妬していたではないか。

ことを荒立てたくもなかったので、亥乃はここであらためて辞去を申し出た。

「では、あたしはこれで帰ります。比野さま、また今度」

「わかりました。お気をつけて、亥乃さん」

亥乃に一礼を返した勘八は、すぐさま政助に向き合った。そして、今朝、どこそこの牛の具合がどうだとか、この牛は隔離したほうがよいだとか、どの牛に漢方を飲ませたほうがよいだとか、牛にまつわる話をたてつづけにしはじめた。

獣好きどうし、たいそう気が合うのだろう。こうして見ていると兄弟のようにも見えた。

特に、ふたりの目から見ても、いましがた勘八が診ていた赤毛の牛がかわいらしく、

「紅、紅」

としきりに呼んでかまっていた。

政助にとって紅牛は兄弟同然だと言っていた。気持ちが通じるとも。奉公をするなかでも様々なしがらみがあるのだろうが、そんなことを置いても、紅牛がかわいくてならないに違いない。

そんな政助を、勘八も嬉しそうに眺めている。

「比野さま、ほんとうに楽しそう」

——邪魔をしたら、悪いわね。

熱心に語り合うふたりの若者の姿を一瞥してから、亥乃は湊屋をあとにした。

青天がすがすがしい、ある日のこと。久しぶりに非番に当たった弥五郎が、娘の顔を見ようと目黒川沿いの船宿三津屋に立ち寄ったときのことだ。

土間に入るなり、すぐわきの台所から、食器が雪崩《なだれ》たり湯が噴きこぼれたりする物音や「熱い、痛い」などの娘の悲鳴が聞こえてくるものだから、弥五郎は呆れか

えった声を上げた。

「亥乃、いってぇなにをしてやがる」

弥五郎が台所をのぞき込むと、亥乃が鍋から溢れんばかりの小豆《あずき》を煮ているところだった。

「おはよう、おとっつぁん。久しぶりね」

「なんでぃ、その山盛りの小豆は。おい、煮こぼれるぞ。釜の飯のほうも、なんだか泡吹いてる」

「えっ？　あらやだいけない、お米が焦げちゃう。あっあっ、小豆のほうも、こぼれちゃう。あぁぁぁぁ」

などという亥乃の悪戦苦闘の末、できあがったのが、やや焦げついてしまったもち米に、煮過ぎた小豆をまぶした、おはぎだった。

「味はいいはずだから」

と、大量にこしらえたおはぎのうち、数個を三津屋の夫婦や父親のために残しておいて、亥乃は今日も今日とて比野勘八に会うため高輪牛町を目指す。

ここ数日は三津屋での仕事が忙しかったし、近所の一斉清掃に借り出されたり、岡っ引きたちにお遣いを頼まれることが再三あったので、一週間ぶりに勘八に会いに行けるのだ。

せっかく訪ねてきた父弥五郎は拍子抜けしたふうだったが、いまは父親より、勘八に会うほうが重要だ。

手作りのおはぎを両手に抱え、亥乃は、浮かれぎみに牛町の湊屋を目指す。

「これは亥乃さん。ご無沙汰しております」

高輪牛町の牛小屋、湊屋。

町全体でおよそ五百頭いる牛の回診は、まだ終わるはずもなく、この日も勘八は牛小屋のなかにいた。亥乃が訪ねていくと、「ちょうど休憩をしようと思っていたところです」と、牛小屋から出て、離れの休憩所に案内してくれる。

休憩というのであれば、ちょうどよいと亥乃は思った。早朝から起きて悪戦苦闘の末にこしらえたおはぎを振舞うときである。

「あの、比野さま、よろしければこちら……」

「じつはね。さきほど、おみつさんがいらして、おはぎを持ってきてくださったんですよ。亥乃さんもご相伴に与りませんか」

「……」

風呂敷包みいっぱいに詰まったおはぎを差し出そうとして、亥乃は機先を制された。

休憩所に赴くと、見知った顔がふたつある。

近所の茶屋につとめるおみつと、先日初顔合わせをした、牛飼いの政助である。

ふたりとも小皿を片手に、おはぎを載せているところだった。

おみつが、亥乃に手招きをする。

「あら、亥乃ちゃんも来たのね。ちょうどよかった。今日はお店がお休みだったし、おとっつぁんの調子もよさそうだから、早起きしておはぎを作ったの。よかったら召し上がれ。ところで、亥乃ちゃんが持っている包みはなにかしら」

「……いえ、なんでもないです」

いびつな形で、もち米も焦げついて、小豆もふやけているおはぎを晒すのもはばかられ、亥乃は包みを引っ込める。

おみつが作ったおはぎは、小豆には艶があり、もち米もふっくらと炊き上がり、見た目の上品さも、絶妙な甘みも、文句のつけどころがない仕上がりだった。

ご相伴に与った亥乃は、くやしいけれど箸が止まらない。

ましてや、甘味が大好物の勘八は、ひと口ほうりこむたびに、嬉しそうに顔をほころばせていた。

「絶品ですね、おみつどの。売り物でも、これほどのおはぎは食べたことがありません」

「まぁ嬉しい。どんどん召し上がってくださいね。比野さまが甘味をお好きだと知っていたら、もっとはやくに作ってきましたのに」

「おいらも甘いものは大好きです。いやぁ、ほんとうに美味いなぁ」

勘八と政助がつぎつぎとおはぎを平らげていくのを眺めながら、亥乃もまた、もくもくと食べつづけた。

そんな亥乃に、おみつがお茶を差し出しながら尋ねた。

「亥乃ちゃん、お口にあって?」

「はい……美味しいです」

「そのわりには、なんだか難しい顔をしているのね」

「気のせいです」

おはぎを二つ平らげた亥乃は、満足感と敗北感をお腹いっぱいに詰め込んで、腰掛から立ち上がった。

「ごちそうさまでした。では、あたしはこれで失礼します」

立ち上がった亥乃を、勘八が怪訝そうな顔で見上げる。

「亥乃さん、わたしに用事があって来られたのではないのですか？」

「いえ、いいんです。お忙しそうなので、また今度。比野さまが蓬山園に帰られてから、あらためてお伺いします」

戸惑う勘八をよそに、亥乃は持参した風呂敷包みを手にすると、そそくさと休憩所を飛び出す。

「お待ちください、亥乃さん」

飛び出した亥乃のあとを、勘八が追いかけてきた。途中、両足がこんがらがって転びそうになりながらも追いつき、息も切れ切れのまま亥乃のとなりに並んだ。

「急ぎの用事があったのではないですか？　もしかして、このあいだ話していた小亀の様子がおかしいとか」

「いいえ、小亀は元気です。水を張った盥のなかで飼っていますから」

なぜか勘八の顔を見ることができずに、亥乃は前を向いたままでこたえる。

勘八はなおも言葉をつづけた。

「そうですか。では、ご飯はきちんと食べていますか？」

「煮干しとか魚の残りものとかをあげていますが、いまのところ食欲も旺盛のようです」

「ならばよかった。もうすこし大きくなったら菜っ葉も与えてみてください。成長すると、草もよく食べるようになるはずですから」

「わかりました。それをお聞きできてよかったです」

「用事はそれだけですか?」

「はい、それだけです」

そっけなくこたえたあと、行く手に表門が見えてきて、亥乃は歩調をはやめた。はやくこの場を去りたかったのだ。嫉妬をのぞかせた己の表情を、勘八に見られたくなかった。

だが、表通りへ足を踏み出しかけたところ、突然、背後から勘八が亥乃の腕を摑んできた。

驚いて、亥乃はおもわず振り返ってしまう。

「なにをするの、比野さま?」

「いまは出ないほうがいいです。ほら、向こうから、どこぞの藩の大名行列が来ます」

勘八に促され、表通りを見ると、通りを行き交っていた人々が、いっせいに道の両脇に寄り、地べたに膝をつき平伏しはじめたところだった。遠くからは「したにぃ、したにぃ」という、大名行列がやってくる掛け声が近づいてくる。

一瞬、緊張で体をこわばらせた亥乃だったが、勘八に手を引かれ、地べたにひざまずいて頭を下げた。

東海道に面する牛町の通りは、江戸と地方とを行き来する大名行列がときおり通るのだ。そのたびに、往来の人々も、行き交う牛車も、道の端に寄って平伏し、大名一行が行き過ぎるのをじっと待つ。

この界隈の人たちには、見慣れた光景だった。

「したにぃ、したにぃ」

掛け声が近づいてくると、やがて平伏する亥乃たちの目の前を、棹持ちにつづき、徒歩組《かちぐみ》が整然と通り過ぎていく。どこのお大名かは、はっきりとはわからなかった。

となりで勘八がささやき声で教えてくれる。

「あの家紋は、尾張《おわり》さまでしょう」

「尾張さまといえば、大大名でいらっしゃいますよね？」

「はい、それはもう」

亥乃などの市井の人間からすれば、大名といえば誰でも雲の上の人なのである。

だが、尾張さまといえば格別だ。尾張六十万石。すっかり恐れ入り、顔まで伏せた亥乃は、行列の足音がはやく過ぎ去ってくれることをひたすらに祈った。

ずいぶんと長い時が経った気がした。

もしかしたらさほど長くはなかったのかもしれないが、亥乃にはそう感じられた。

「下に、下に」の掛け声がしだいに遠ざかり、行列の最後尾あたりが、いま目の前を通っているらしかった。すこしだけ顔を上げ、薄目でそのことを確かめた亥乃は、深く深く息を吐いた。きっと、となりの勘八も、周囲の人々も安堵していることだろう。

往来の誰しもが気を緩めかけた、つぎの瞬間のことである。

「誰か、紅を止めてくれ、止めてくれ、待つんだ紅！」

聞き覚えのある叫び声が、亥乃たちの背後から聞こえてきた。つづいて、蹄が土を蹴る音と、地を揺るがす振動が起こり、さらには「ンモゥゥゥ」という獣の鳴き声が響き渡った。

「やめろ、紅！」

叫び声は、さきほどまで休憩所に一緒にいた、政助のものに間違いない。

いったいなにごとか。呆気に取られる亥乃たちの横を、赤毛の牛が走り抜けていった。

あまりに突然のことで、亥乃はおろか、勘八ですら手も足も出なかった。

牛小屋から飛び出した紅牛が、激しい鳴き声をあげ、狂おしく頭を振りつつ、大名行列の最後尾に突っ込んでいく。

あちこちから悲鳴があがった。道の両脇に控えていた民衆も、大名行列の侍たちも、暴れる巨大な牛になすすべなく逃げ惑う。なかには牛に衝突され、道に倒れこんだ尾張藩士の姿も見えた。

「なんてことだ」

立ち上がった勘八は、往来の混乱を呆然と眺めていた。

亥乃は背後をかえりみる。

牛小屋の前では、切れた牛の鼻緒を手にした政助が、真っ青な顔をして立ちすくんでいた。

「政助さん」

「あぁぁ、とんでもない……とんでもないことをしてしまった」

暴れまわる紅牛は、騒ぎを聞きつけて駆けつけたほかの牛飼いたちが、縄をもっておさえつけ、ようやく捕縛したところだった。

牛に体当たりされた数人の尾張藩士が、苦痛の呻きをあげながらのたうちまわっているさまを、亥乃は、背筋が凍りつく心地で眺めていた。

尾張さまの大名行列に、高輪牛町の運送業湊屋の暴れ牛が突っ込んだ。

この騒動は、瞬く間に江戸中に知れ渡った。

湊屋のあるじはさっそく奉行所に呼び出され、事の顚末を説明しなければならなくなったし、牛百頭を抱える湊屋も一時休業となる。

牛町の回診もやむなく中断となり、勘八は、いつもどおり薩摩藩下屋敷の蓬山園でつとめをしていた。

亥乃も、ひとりで悶々とした心を抱えきれず、数日に一度は蓬山園に通っている。

「お邪魔します、比野さま」

「これは亥乃さん」

園内の植物の水やり、鳥類の世話、ときおり持ち込まれる患畜の診察、ついでに庭木の剪定までも行う勘八も、このときばかりは仕事に身が入っていない様子だった。

意気消沈している勘八に、亥乃は、持参した風呂敷包みを差し出した。

「比野さま、あまり召し上がっておられないのでは。こちら、よろしければ」

「これは……」

「……おみつさんほど上手ではないし、不恰好ですけど、おはぎです」

「あぁ」

包みを受け取った勘八は、風呂敷の結び目をほどき、皿に盛られた握りこぶし大のおはぎを、じっと見つめた。

「ありがとうございます、亥乃さん」

「美味しくないかもしれませんが、食べないとお体にさわりますから」

勘八は無言で頭を下げる。

それを了解と受け取った亥乃は、勝手知ったる診療所で、茶簞笥《ちゃだんす》から湯飲みを取り出し、差し湯をして差し出す。そのあいだにも、勘八はやや不恰好なおはぎを口に運んでいた。

しばらく無言がつづき、亥乃も白湯を飲みながら、勘八が食べ終わるのをしずかに待った。

箸を置いてから、勘八が小さくつぶやく。

「ごちそうさまでした。もう一個、いただいてもいいですか」

「ご無理なさらないでください。おみつさんのものほど、美味しくないでしょう？」

「いえ、とても美味しいです。ありがとうございます。ほんとうにありがたくて……」

そこまで言ってから、勘八の声はだんだん尻すぼみになった。

前回、亥乃と会っていたときに起こったできごとを、ふたたび思い出したのだろう。肩を落とした勘八は、哀しげなため息をついた。

亥乃は、勘八に気の毒と思いながらも、おもいきって尋ねてみる。

「あれから、湊屋の政助さんがどうなったか、比野さまはご存じですか？」

「はい、大名どうしのことですから、噂は当家にも入ってきます」

「政助さんは、お咎めを受けるのでしょうか」

「尾張さまの大名行列に牛が突っ込むなど言語道断、湊屋の無用心はもちろんのこと、牛そのものに罪があるとして、お咎めが決まったそうです」

勘八の声音は沈みきっていた。もとから声に覇気がないのに、いまは消え入りそうだ。

亥乃は急に不安になった。

「いったいどんなお咎めを？」

「行列に突っ込んだ紅牛を始末するようにと、下命があったそうです」

牛に激突された尾張藩士には、大怪我こそなかったが、軽傷を負った者が何人もいたという。なにより尾張六十万石の行列に不敬をはたらいた罪は、たとえ牛といえど許されないものだ。湊屋には罰金が課せられただけで、政助含む牛飼いたちが処罰されないだけありがたく思え、ということらしい。

だが、「ならばよかった」と喜ぶことができる亥乃たちではない。

湊屋の牛飼い政助が、処罰される紅牛を、兄弟同然にかわいがっていたことを、よく知っているからだ。

亥乃は、うろたえながらも訴えた。

「紅牛ちゃんを助けてあげられないのですか。牛がしたことですもの、そこまで目くじらを立てなくてもよいはずです」

「殿にお聞きしたところ、尾張さまは大層お怒りだったらしく、本来は、政助どのを処罰するところ、牛がやったことだと、まわりがなだめてようやく牛だけの処分でとどまったそうです。これ以上の譲歩はあり得ないと」

「そんな……」

亥乃は肩を落としてうなだれた。

「政助さん、気落ちなさっているでしょうね」

「無理もありません。騒動のあと、一度だけ湊屋を訪ねてみたのですが、気分が悪いからと会ってはくれませんでした」

政助にとって紅牛は、長年をともに過ごし、心が通じ合う兄弟のように育てた牛だ。処罰の下命を受けて、どんなに落ち込んでいることか。獣を大切に思う気持ちが痛いほどわかる勘八もまた、力なく首を振っている。

「わたしはいやな予感がします。思いつめた政助どのが、紅牛を連れて夜逃げでもするのではないか、と」

「もし、そうなったら？」

「残された湊屋の人たちにとっても悲劇です。ご主人がさらに重い罪に問われるのは必定でしょうし、廻送業の廃業を命じられ、ほかの牛たちさえ一斉処分を命じられるかもしれない。当然、数十人という湊屋の奉公人たちも路頭に迷うわけです」

「事はもう、政助さんひとりにとどまらない事態になっているのですね」

亥乃は、みぞおちに重りを落とされたような気分になった。

紅牛が殺されてしまうのはかわいそうだし、政助のつらい気持ちもわかるが、湊屋すべての命運がかかっているのだと、いまさらながら、亥乃は事の大きさにこわくなったのだ。

「なんとか、政助さんも、紅牛ちゃんも、湊屋さんも、みんなが助かる方法はないのでしょうか」

「尾張さまのお気持ちが変わることを祈るしかないのでしょうが……難しいでしょうね。どなたか、尾張さまを説得してくださるような方がいればよいのですが」

勘八が唸っていると、

「比野、いるか?」

と、診療所の入口から声がかかり、島津重豪の側用人、堀田研之助が居間にあがってきた。研之助は、陰気な雰囲気ただよう部屋に足を踏み入れるなり、端整な顔をしかめた。

「なんだどうした、亥乃どのまで。いい若い者が陰気な顔でおはぎを食っているなんて、今日は彼岸だったか?」

「堀田さま、ご休憩ですか」

「うむ。殿から一刻ほど暇をいただいたのでな、ここですこし休ませてもらおうと思ったのだが」

蓬山園の水車小屋は、研之助のかっこうの休憩場所になっているらしい。常に主君のかたわらにはべり、緊張しきっている研之助にとって、緑を浴び、水のせせらぎと獣たちの鳴き声が響く蓬山園のなかが、案外落ち着くのかもしれなかった。

突如あらわれた研之助が居間にあがりこみ、ついでにおはぎに手を伸ばすさまを、ぼんやりと見つめていた勘八は、ふと、なにかに思い至ったように両手を打つ。

「そうだ……堀田さまに頼むという手があったか」

「なんだ？　おれがどうかしたか、比野」

「堀田さま！」

いきなり腰を上げた勘八は、研之助の前に出て両手をついた。

「堀田さま、お願いがございます」

「どうした、やぶからぼうに。おはぎを食ってはいけなかったか？」

「いえ、そんなことではありません。どうぞどうぞ召し上がってください」

「ではなんだというんだ」

「殿に、口ぞえをお願いできないでしょうか」

いきおいよく言ったあと、すぐさま畳に額をこすりつけた勘八を、研之助はうろんな表情で見つめていた。

勘八の体は震えていた。人間嫌いで争いも嫌いで、ふだんであれば上役に物申すことなど、決してしない勘八だ。それが大声で意見するなど、よほどのことなのだ。握りこぶしほどもあるおはぎを、ゆっくりと時間をかけて食べ終えるまでのあいだ、研之助は、数日前に高輪牛町で起こった騒動のことを聞いていた。

「大名行列に牛が突っ込み、藩士の幾人かに怪我までさせておきながら、そのくらいの処断で済んだことは幸いだと思うがな」

おはぎを平らげたあと、手水《ちょうず》で手を洗いながら、研之助は断言した。

亥乃と勘八は、曇った顔を見合わせてから、おそるおそる尋ねた。

「やはり、そうでしょうか」

「あたりまえだ。万が一、尾張さまご自身に何かあったらどうするつもりだった。いや、考えてみろ、牛に突っ込まれた行列が、尾張さまではなく、我らが殿のものだったとしたら。おれは考えただけで背筋が凍る」

そうなのだ。立場が異なれば、勘八にとって敬愛する島津重豪の命が危なかったかもしれないのだ。尾張藩士の気持ちを考えるのであれば、「危険な暴れ牛を始末してしまえ」と思うのは当然かもしれなかった。

うなだれた亥乃と勘八の様子を見つめてから、研之助はやれやれとかぶりを振った。

「そのことをわかった上で、おぬしらは、こう言いたいのであろう。うちの殿に、牛の処分を思いとどまってくれるよう、尾張さまに進言してくれないか――と。その口ぞえをおれに頼みたいと」

「おっしゃる通りです」

「おぬしらの気持ちはわからないではないが」

姿勢を正しながら研之助は言い切った。

「無理な申し出だ」

「やはり、牛などにかまってはいられない……と」

「誤解するな。牛がどうなってもよいと言っているわけではない。政助とやらの思いもわかる。比野や亥乃どのが同情する気持ちもな。おれも私人としては、べつに死人が出たわけでもなし、暴れ牛ごときに目くじら立てるなと言いたい。だが、おれは殿の側用人として言う。どんな事情があれ、殿のお立場を悪くするようなことを、お願いするわけにはいかないのだ」

研之助のつよい意志をこめた声は、亥乃の腹の底にびりびりと響いた。

「我が殿が尾張さまに、『牛ごときのことでそんなに怒るな、今回は許してやれ』と言ったとしよう。尾張さまはこう思うのではないか。自分のところの藩士が傷ついたわけではないから、そんなことが言えるのだ、と。我が殿に、わずかでも不信感をお持ちになるのではないか。両藩のあいだに亀裂が生じたらどうなる。おれは、我が藩が、我が殿が、政の上で、不利になるようなことを勧めることは断じてできぬ」

「堀田さまのおっしゃること、もっともです」

研之助が言い終えたあとに、勘八もまた姿勢を正し、「勝手なことを申し上げました」と頭を下げた。

「でも、堀田さま」

「まだ何か申したいことがあるのか」

「どうか『牛ごとき』とは、言わないでやってください。その牛ごときに、命をかけている者もおります。たいせつに思う者がおります。皆には滑稽とうつるかもしれませんが、そういう人間もいるのだと、どうかわかってやってくださいませ」

勘八に反撃され、たちまち渋い顔になった研之助は、その場からいきおいよく立ち上がった。

「もういい、休憩は終わりだ。亥乃どの、おはぎ、ごちそうになった。まぁまぁ美味かった。小豆を煮るときに、ほんのすこしだけ塩をくわえると味が引き締まるぞ」

「あ、はい、ご忠告ありがとうございます。白湯は飲まれていきませんか？」

「結構だ、自室で飲む」

いまだ頭を下げつづける勘八の横を通り抜け、研之助は沓脱《くつぬ》ぎに揃えられていた草履に足を通す。そうしながら、研之助は小声で何ごとかつぶやいた。

「比野よ、いまから言うことはひとりごとだ」

「は、はい……？」

「おれは、我が殿に、尾張さまへの口ぞえをお願いするような真似はできない。だが、事が当家のことにとどまるかぎり、殿がなさろうとすることに口出しすることはできる」

研之助が何を言おうとしているのか、亥乃たちにはわからなかった。だが、背を向けた研之助は、かまわずひとりごとをつづけた。

「もし、もしも、だ。当家の大名行列に暴れ牛が突っ込みそうになったとしよう。おれは、ご立腹された殿に、進言するかもしれない。『牛ごとき』がやったことですから、どうか寛大なお心を以てお許しくださいますように。『牛ごとき』に、あまり目くじら立てられますな……と。もっとも、あまり大事にはならず、当家の人間にひとりの怪我人も出ないことが肝要なのだがな」

しばし唖然とする亥乃と勘八の手前、「牛ごとき」を連発しておいて、研之助は大きく肩を落とし、ぼやきながら歩き出した。

「はぁ、おれとしたことが、なにを言っているのやら……」

「堀田さま、ありがとうございます！」

研之助が出て行ったあと、その助言に得心したのか、勘八は裸足でおもてへと飛び出し、地べたに膝をついて平伏した。

「ありがとうございます」

研之助は片手を軽く上げてから、自身の役目に戻るべく、そそくさと蓬山園をあとにした。


堀田研之助が蓬山園から出て行ったあと、勘八は下屋敷を飛び出し、高輪牛町の湊屋を目指した。そのあとを、さも当然のごとく亥乃がついていく。

途中、勘八は遠慮がちに言った。

「あの……亥乃さんは、わたしに付き合うことはないのですよ」

「なにをいまさらおっしゃっているんです」

乗りかかった船じゃないですか、と亥乃は息巻く。

「このまま知らんぷりして帰ってしまったら、あたしは薄情者になってしまいます。さきほどの、堀田さまの言葉の意味は、あたしにはよくわかりません。だけど、比野さまがなさろうとしていること、政助さんや紅牛ちゃんの行く末を見届けないことには、気がすみませんから」

意気込む亥乃に対し、勘八は困りはてて肩をすくめてみせたが、もはや引き止めることはしなかった。以後、しばらく無言のまま歩きつづけ、ふたりは高輪牛町にある湊屋の前に辿り着く。

いつもであれば木戸は大きく開けはなたれ、人の行き来や、荷車を引く牛が出たり入ったりで賑やかなはずだ。ところがいま、先日の不始末のおかげで、お上より営業差し止めのお達しが下っている。許しがないかぎり、廻送業を再開するわけにはいかないのだ。そのあいだの損失がどのくらいになるのか、湊屋も頭が痛いことだろう。目で見えるわけではないが、大木戸の向こうからは、重苦しい空気が漂っているかに感じられた。

「ごめんください」

勘八は、自ら名乗り、大木戸の脇にある潜戸から湊屋のなかに入れてもらった。

もちろん亥乃も後につづく。

木戸番をしていた老爺は、先日から牛の回診に来ていた勘八を覚えていたのだろう、「どうぞどうぞ」とふたりを出迎えたあと、湊屋の現状を語ってくれた。

「いやはや、大変なことになっちまいました。商いの差し止めも、これで六日。うちの売り上げが落ちるのは当然ながら、湊屋は牛町界隈でも一、二を争う大店ですから、江戸中の廻送に支し障りが生じております。このまま差し止めがつづけば、江戸から外に物を運ぶことも、地方から江戸に物を運ぶことも、滞ってしまいます」

そうなると、各所、いくつもの品不足が増え、やがて民衆の暮らしにも影が差す。

木戸番は、そのことを気にかけていた。

話を聞く勘八も、「弱りましたね」と相槌を打ってから、来訪の用件を申し出た。

「お爺さん、政助どのはどちらにいらっしゃいますか」

「へぇ、政助でごぜぇますか……」

木戸番はこたえにくそうだ。

「政助は、詰め所でずっと閉じこもっておりやす。兄弟同然にかわいがっていた紅牛が処分されると聞いてからは、そりゃあ見ていて気の毒なくらいな落ち込みようで。飯もろくに食わねぇんですよ」

「紅牛はまだ連れていかれていませんね？」

「いまのところは、まだ。でも天下の尾張さまを怒らせちまったんだから、いつなんどき、お沙汰があるかしれませんや」

「そうですね」と、勘八の声も曇る。

「急がなければ……政助どのがいる詰め所に案内してもらえますか」

「へぇへぇ、島津さまのご家来のお頼みとあらば」

「あと、その前に」

「へい？」

「くだんの紅牛の様子をすこし見たいのですが」

勘八はなにをするつもりだろうか、と亥乃は、首をかしげた。木戸番のほうもすこし渋ったが、「島津さまのご家来だから特別ですよ」と、詰め所に寄る前に、通り道の途中にある牛小屋に案内してくれた。

赤毛の紅牛は、小屋の隅のほうで、ほかの牛たちとは別の柵に繋がれていた。体はひとまわりくらい縮んだかにも見える。餌は与えられているのだろうが、六日も外を歩かせてもらっていないので、肉が落ちてしまったのかもしれなかった。

「かわいそうに」

黒い目を不安そうに動かす紅牛を見て、亥乃もとたんに切なくなった。

勘八の表情もまた、ひどく哀しげに歪む。手を伸ばすと、紅牛は不安そうに一歩後ずさりするが、「よぅしよし」とやさしく声をかけてやると、やっと警戒を解いたらしく、勘八が触れるのを許してくれた。

亥乃と木戸番が見守るなか、紅牛の体のあちこちを撫で、観察をしていくうちに、勘八の表情がわずかに変わる。目元に緊張が宿り、低く唸ったのだ。

「なるほど……」

なにが「なるほど」なのか。

亥乃が問おうとする前に、紅牛から手をはなした勘八は、すぐに木戸番に頼んだ。

「では、今度こそ、政助どののところに案内をお願いします」

亥乃たちが案内されたのは、百頭もの牛が繋がれている牛小屋の、さらに奥、湊屋の奉公人たちが泊まりこみのために使う詰め所だ。その一室に、政助は押し込められているという。

詰め所内、一番奥の部屋の障子を開けると、薄暗くて狭い部屋の片隅で、政助は正座をし、じっとうつむいていた。

勘八がまず部屋に踏み込むと同時に、政助は、億劫そうに視線を上げた。

「どなたです?」

「ご無沙汰しています、政助どの」

「……比野先生?」

「お加減はいかがですか」

「いいわけは、ないでしょう。こんなことになって。いったいなにをしにいらしたんですか?」

「政助どののことが気がかりで、様子を見に来ました」

「それだけじゃないはずだ。きっとあなたも、紅牛のことは諦めろと、おいらに言いに来たんでしょう」

政助の声音が刺々しくなった。

その声を聞いて、亥乃もすこし戸惑う。先日、一緒におはぎを食べたときの、快活そうな若者と、おなじ人物には思えなかったからだ。それだけ政助の様子は荒んでいた。

政助はわずかに腰を浮かせ、部屋の入り口にたたずむ勘八ににじり寄る。

「おいらは紅牛をぜったいに手ばなさい。大名の命令だろうとなんだろうと、紅牛を連れていくというのなら、おいらを殺してからにしてくれ。もっとも、あんたにそんな気概はないだろうけどな」

「ちょっと政助さん、そんな言い方は……」

あんまりな言い草なのではないか、と、このときばかりは亥乃もすこし気分を害した。

だが、けしかけられた勘八のほうは、別段腹を立てた様子もなく、いつもと変わらぬ穏やかな表情をしている。

勘八は長身をすこし屈め、政助と顔を近づけた。ついで、この部屋にいる者にしか聞こえないほどの、小さく低い声でささやいた。

「政助どの、あなたは、隙をうかがって、紅牛を連れて湊屋さんから逃げるつもりですね？」

「えっ？　どういうこと、比野さま」

「………」

唐突な勘八の問いに、亥乃はおもわず高い声をあげてしまい、あわてて口元をおさえた。

いっぽう政助は、勘八の顔をじっと睨んでいる。

勘八は、政助の目を見つめ返しながらふたたび口を開いた。

「逃げるなんておやめなさい。あなたと紅牛はうまく逃げおおせたとしても、湊屋さんはどうなりますか。ほかの奉公人たちは？　もっと厳しいお叱りや、処罰が下るかもしれませんよ」

「湊屋の連中のことなんぞ、知ったことじゃないね」

「紅牛に悪戯をされたから、ほかの人たちがどうなってもいいと？」

勘八がさらに言うと、今度こそ、政助は目をみはった。

「比野先生、気づいていらっしゃったんですか」

政助の問いに、はい、と勘八はうなずく。

「いましがた紅牛の様子を診てきました。鼻まわりが赤く腫れていましたね。きっと鼻緒を乱暴に扱ったり、無理な引っ張り方をしたのでしょう」

ここに来る前に牛小屋に寄ったのは、診察のためだったのか、と亥乃もまた驚いた。

「さっきは、紅牛ちゃんの鼻を診ていたのですか？」

「鼻は牛のもっとも弱いところですからね。ですから、鼻に縄を通し、我ら人が操ることができるようにしてあるのですが……乱暴に引っ張ったりすると、すぐに痛めてしまいます」

　あっ、と亥乃はあることに気づいた。

「もしかして、あのとき、紅牛ちゃんが暴れて大名行列に突っ込んだのは……」

「はい。ふだんはとてもおとなしい紅牛が、あのとき、急に暴れたわけはなぜでしょう。そして、繋がれていたはずの紐が、ほどけていたのはなぜか」

「誰かがわざとやったのですね。繋がれていた紐を解いて、あの子の鼻を傷つけて暴れさせて、行列に突っ込むよう仕向けた。でも、いったい誰が、どうしてそんなことを？」

「おそらくは湊屋の誰かでしょう。牛の習性をそこそこ理解していて、政助どのが紅牛を大事にしていることをよく知っている人物」

　勘八はそこまで言って、視線を政助のほうに向けた。

　正座した膝に両手をのせ、こぶしを力いっぱい握り締めた政助が低く呻いた。

「湊屋には、おいらのことを面白くないと思っている連中がたくさんいるのですよ」

「嫉妬ですね。政助どのは真面目にはたらき、牛の扱いもうまく、売り上げにも貢献していた。ご主人の覚えもめでたい。それを、日頃から面白く思っていない連中がいた。だが、彼らが今回にかぎって嫌がらせをしたのには、引き金になるできごとがあった。そうですね、政助さんはご主人になにか頼まれたのではないですか。たとえば、湊屋の番頭におさまってくれないか……とか？」

「おっしゃる通りです」

「その若さで番頭ともなれば、たいしたものです。ご主人のほうでも、政助さんにまかせておけば将来安泰だとでも思ったのでしょう」

「おいらは出世になんて興味はない。いずれは故郷に帰るつもりなんですから」

「でも、奉公人のなかには、政助さんの思いも知らず、ただ出世を妬んでいる人たちがいるってことですね。だから、大事にしている紅牛ちゃんを傷つけた。なんてことを！」

亥乃の頭にはすっかり血がのぼり、くらくらと目まいを感じるほどだった。

湊屋には、百頭の牛がいるのだから、奉公人もかなりの数にのぼる。政助のように真面目につとめる者もあれば、あまり身を入れていない者もいるだろう。そんな連中が、若くして番頭になろうとしている政助を妬んだとしたら――。ちょっと政助に嫌がらせをしてやるつもりで、紅牛を傷つけ、暴れさせ、主人からの評価を貶《おとし》めようとしていたら。

その者も、まさか暴れた紅牛が大名行列に突っ込み、天下の尾張さまの家臣に怪我を負わせ、店ごと商い差し止めになるとは、思いもよらなかったことだろう。

いまごろ犯人は、大事になってしまったことに怯え、自分のやったことを言うこともできず、政助に詫びることもできず、戦々恐々として暮らしているはずだ。

政助は、自分のことを妬んでいる人間が誰か、おおよそ察しているのかもしれない。

だからこそ、先刻、

「湊屋の連中のことなんぞ、知ったことじゃないね」

と言ったのだ。

悔しげに唇を噛みしめる政助に、勘八は、いたわるようにささやきかけた。

「気持ちはわかります。かわいがっている牛を傷つけられたら、どんなに悔しいことでしょう。わたしもきっとおなじだろうから。だからといって、湊屋ではたらく人すべてを不幸にしていいかといったら、それは違うのではないですか」

「だったら……」

政助は助けを求めるように、勘八の腕にしがみついた。

「だったら、どうしたらいいんです。湊屋のみんなを助けるために、紅牛が殺されるのを黙って見過ごせと？　獣医者の比野先生でさえ、そんなふうに思うのですか。あいつはなにも悪くないのに。あいつを傷つけた犯人はなんのお咎めもなく、のうのうと生きていくのに、あいつだけが殺されなければならないんですか。そんなことは許せない！」

いまにも泣き出しそうな政助につられ、亥乃もたまらず涙が溢れそうになった。

「比野さま、なんとかなりませんか」

亥乃と政助に泣きつかれ、勘八はしずかにうなずいた。ふだんはおだやかな顔に厳しい表情を浮かべている。勘八とて、紅牛のことを見過ごせるはずはないのだ。獣に悪戯をされて悔しくないわけがないのだ。その思いが滲み出ている。

「わたしに、すこし考えがあります」

「ほんとうですか？」

「うまくいけば紅牛を助けられるかもしれません。ただ、とても難しい。ことによったら紅牛だけではなく、あなたも湊屋さんも、もっと悪い立場に置かれるかもしれない」

「かまいません」と、政助は懸命になって勘八に訴えた。

「やります。このままじゃ、ただ紅牛が殺されるのを待つだけだ。おいらには耐えられない。教えてください、比野先生、どんなお考えがあるというのですか？」

「これには、あなたと紅牛との絆がものをいいます」

「おいらと紅牛はずっと一緒に暮らしてきているんです。気持ちは通じ合っているし、あいつはおいらの言うことをなんでも聞いてくれる」

お願いだ、まかせてくれ、紅牛を助けたいのだと、と政助は何度も懇願した。

政助のつよい思いに、ついに勘八も折れた。


亥乃がみたび湊屋を訪ねてから、二日後のことだ。

高輪牛町、湊屋。日の出とともに、おもてに木戸番があらわれ、木戸に落とされた閂《かんぬき》を取りはずしにかかった。八日ぶりのことだ。

湊屋に、お上から商いの再開を許すお達しが下ったのが、ちょうど昨日のことである。だがそれは、今回の騒ぎのもとである、「暴れ牛」を処分する日でもあった。

大木戸が、軋みをあげて大きく開けはなたれた。

「とうとう今日になっちまったか」

商いが再開できるというのに、木戸番の口調も表情も、どこか沈んでいる。この老爺も湊屋につとめて三十年以上だ。現役の牛飼いたち以上に、牛に対して思い入れがある。丹精こめて世話をしてきた牛が殺されるのは、なんともいえぬ寂しさがあった。

「だが、紅牛を差し出さねぇと、うちの店が潰れてしまうからな」

残念だ……と、老いた木戸番はため息をもらした。

そんな日の朝。お上が紅牛を連れにくるのは、正午過ぎだということで、湊屋はひとまず八日ぶりの廻送業を再開した。木戸を開けたあと、ほどなくして荷物が運び込まれ、また湊屋からも荷車を引く牛たちが出立していく。様々な荷を積み、また荷を受け取るため、江戸じゅうの商店、武家屋敷、宿場、港などを巡っていくのだ。

木戸番の寂寥も束の間、湊屋の周辺は、人と荷と牛とが入り乱れ、八日前と同様の活気に満ちていった。

時はまたたく間に流れ、ついに正午をまわった。

そろそろお上から遣わされた役人が、暴れ牛を引き取りに来る刻限だ。

だが、当の役人が到着する前に、湊屋で、ふたたび騒動が起こった。

「誰か、牛を、牛を止めてくれ！」

どこからともなく悲鳴があがり、つづいて地響きが起こる。

東海道の往来、道の両脇に控えていた町衆が、「なんだ？」とおもわず顔を上げた。

皆が道の両脇に膝をつき、控えていたのは、このとき東海道を大名行列が通り過ぎようとしていたからだ。

「片寄れぇ、片寄れぇ」

という呼び声が、往来にこだました。

ところが、その呼び声をかき消すいきおいで、湊屋のほうから、悲鳴と地響きが起こる。ただならぬ様子に、いままさに湊屋前を通り過ぎようとしていた行列も足を止め、膝をついていた町衆もいっせいに視線を上げた。

「うわぁ、止まれ、止まれ！」

行列一行と町衆が見たのは、湊屋の開けはなたれた大木戸から、一頭の赤毛の牛が駆け出してきたところだった。紅牛は興奮しているのか、両目を剝き、頭を激しく振りつつ、鼻息を荒らげている。蹄は地を掻き、土煙を上げて、牛飼いたちの制止も聞かず、木戸から躍り出た。

「また、赤毛の暴れ牛だ！」

先日の、尾張藩の行列に牛が突っ込んだ一件を知っている町衆はどよめいた。

あのときの騒ぎで尾張藩の藩士数名が怪我をし、湊屋もお咎めを受けた。やっと許しが出たばかりだというのに、大名行列が通るときにかぎって、またも赤毛の牛が暴れ出した。

紅牛は、逃げまどう町衆たちの横を通り過ぎ、大名行列目がけて突進していく。牛を追いかけてきた湊屋の牛飼いたちも、自分たちの牛が突っ込もうとしている行列の家紋を目にし、顔面蒼白となった。なかには、恐れのあまり腰を抜かしてしまった者もいる。

「あ、あのご家紋は」

「島津さま……だ」

旗持ちがかかげていた旗に染め抜かれていたのは、丸に十字の文様。

湊屋の前を通り過ぎようとしていた行列は、なんと薩摩藩の島津家の一行だったのである。島津家は大藩七十七万石。尾張藩につづき、この藩を怒らせてしまったら、どれほどのお咎めがあるか。

「今度こそ湊屋は廃業だ」と、湊屋の人間も往来の町衆も、誰もが思っただろう。

直後のことだ。

誰もが逃げまどったり、なすすべもなく立ち尽くしたりしているなかで、ひとりだけ暴れる紅牛の前に躍り出た者がある。

湊屋の半纏をまとった小柄な若者だ。紅牛の飼い主、政助だった。

「紅、紅牛！」

政助は声もかぎりに叫んでいた。道具などなにも持たず、ただ両手を大きく広げて、巨体の暴れ牛の前に走り出る。無謀としか思えなかった。政助の小さな体はいまにも弾き飛ばされそうになったが、すんでのところで、政助が謎の言葉を叫んだ。

「バァ！」

謎の言葉を浴びせられると、ふしぎなことに、紅牛がやや歩を緩めた。

「紅、聞こえるか。バァ、バァ！　いい子だ、おれの言うことがわかるか。止まれ、止まるんだ。わかるだろう？」

紅牛の鼻息はまだまだ荒い。すこし落ち着いたかに見えたのも束の間、頭を大きく振り、前脚で地を掻き、なおも前進をやめなかった。政助は紅牛の体当たりを跳びのいてかわし、今度は横から紅牛の頭に両手でしがみつき、なおも呼びかけつづけた。

「お願いだ、止まってくれ、お前のためなんだ。おいらは、お前に生きていてほしいんだよ！」

政助は諦めなかった。暴れる紅牛に無我夢中でしがみつき、執拗に「バァバァ」と叫びつづける。

興奮した紅牛が大きく頭を揺らすと、振り払われた政助が、地べたに叩きつけられた。

背中を地面に打ちつけ、苦痛に顔をゆがめながらも、政助はすぐに上半身を起こす。紅牛を下から見上げる形になった。目と目が合う。興奮して剝き出しになった紅牛の目が、政助をぎょろりと睨んでいた。

「紅牛よ……」

一歩、紅牛が足を進めれば、政助は巨大な蹄に踏みつけられてしまう。だが、そんなことは意に介さず、政助は紅牛にやさしく語りかけた。

「紅牛、悪かった、痛い思いをさせて悪かったな。だけど、おいらは二度とお前を傷つけさせたりはしない。だから大丈夫だ。いっしょに故郷に帰ろう。生まれたところで、しずかに暮らしていこう」

おだやかな政助の声に、ついに紅牛が呼応した。

荒かった鼻息がおさまり、激しく上下していた肩も落ち着いてくる。なにより政助を見下ろすまなざしが、やさしげな様子に戻っていた。

あとすこしで大名行列に突っ込みそうになったところで、紅牛はついに歩を止めたのだった。


「間一髪でしたね」

亥乃は、すこし沈んだ顔をしている勘八に声をかけた。

「でも、うまくいってよかったです」

「とっさのこととはいえ、紅牛にまた怖い思いをさせて、悪いことをしてしまいました」

「仕方ないじゃありませんか。こうするしかなかったんですもの」

「そうですね……紅牛を助けるためには、尾張さま自らに、お咎めを取り消すお触れを出していただくしかなかったのですから。これが紅牛のためにも、政助どののためにも、湊屋のためにも、ひいては我が薩摩藩のためにも、最善のことだったのですから」

勘八の仕える島津家の行列に、紅牛が突進しかけてから五日後、ようやく平穏を取り戻した湊屋に、勘八は牛の診察に訪れていた。紅牛騒動があって中断されていた回診のつづきをこなすためだ。

それについてきた亥乃は、牛を丁寧に診察する勘八と、牛小屋のなかで紅牛の世話をする政助を交互に見て、「やっと終わったのね」と吐息する。

あの日――勘八は、紅牛を救うための方法を政助に伝授した。

「数日後、東海道の往来を我が薩摩藩の行列がやってきます。湊屋の前も、もちろん通りかかるでしょう。そのときに、もう一度だけ紅牛を暴れさせ、行列めがけて突進させるのです。ただし、ほんとうに突進させてしまっては、誰も救われません。あなたに、すんでのところで紅牛を止めてほしいのです。幼い頃からともに育ち、心が通じ合っている政助どのにしか、できないことです」

事を収めたあと、堀田研之助によって「牛ごときがやったことですから目くじらを立てられますな」と島津重豪に進言してもらうこと。それが狙いだった。

当時、行列の中心にいたのは、島津重豪の嫡孫、現薩摩藩主の島津斉興だった。

幸い突進は免れたが、自らが危ない目に遭いかけたと知り、斉興は当然怒り狂った。

「当の牛を即刻始末せよ。湊屋は廃絶、湊屋のあるじ、牛飼いたちもすべからく断罪してしまえ」

という苛烈な命令を下そうとしていたのだ。

斉興が、その命令を撤回したのは、祖父で、江戸在住の重豪が取りなしたからだ。

「死人が出たわけでなし、そこまですることはなかろうに。所詮牛ごときがやったこと、あまり騒ぎ立てては、島津家の器量が疑われるぞ」

ふだんはめったに息子や孫の政にかかわろうとしない重豪が、このとき口出しをしたのには、重豪の側用人堀田研之助の進言があったことは、一部の人間しか知らないことだ。

ともあれ、将軍徳川家斉の岳父でもあり、「傑物」と評判高い祖父に諭され、斉興は悔しげに歯噛みしながらも、その意見を呑んだ。自分が狭量と思われたくなかったのと、高名過ぎる祖父を敵に回したくなかったからかもしれない。

島津家が、この一件で「お咎めなし」と沙汰を下すと、さて、あわてたのが前回騒動の渦中にあった尾張家だ。天下の島津家が、「暴れた牛も処分しないし、牛飼いの罪も問わないし、湊屋の商い差し止めもしない」と言ってしまったので、自分たちがむやみに騒ぎ立てたことに、ばつの悪さを感じたのだろう。

島津家の沙汰が下った直後に、

「紅牛は処分せずともよいし、罰金も不要。今後はくれぐれも今回のようなことがなきように」

との沙汰を下した。

こうして湊屋は商いをつづけることを許された。あるじも奉公人たちも、牛の命が救われ、店も守られ、島津家の温情に涙しただろう。そして誰よりも安堵しているのは、最初の騒ぎのとき、ほんの悪戯心で紅牛を暴れさせた張本人ではないだろうか。

紅牛の鼻の傷に薬を塗ってやりながら、政助はつぶやいた。

「紅牛に悪さをしたやつが、誰なのかは見当がついています。だけど、追及しようとは思わない。もう、いいんです。紅牛が無事でいてくれたら、これ以上望むことはなにもない。おいらに目をかけてくれた旦那さまにはすまないけれど、もともと故郷に帰るつもりだったし、湊屋を去るにはいい頃合です」

番頭になることは湊屋のあるじに丁重に断り、紅牛を連れて故郷に帰るのだと、政助はすがすがしいおももちで告げた。

勘八もおだやかな顔で相槌を打っている。もちろん亥乃も安堵していた。悪さをした当人はすっかり肝を冷やしただろうし、二度と、牛に悪戯などはしないだろう、と。

亥乃は、紅牛を愛おしそうに撫でている政助と、気持ちよさそうに鼻を鳴らしている紅牛とを、交互に見つめた。

「政助さんと紅牛ちゃんが帰ってしまうのは残念ですけど、よくよく考えて決めたことですものね」

「紅牛にとっても、湊屋ではなく、生まれ故郷で暮らしたほうが幸せでしょうからね。これからは、紅牛と一緒に、村のためにはたらきますよ」

志を固めた若者に、亥乃が言うべきことはもはやなかった。あとは、すがすがしく送り出してやるだけだ。ただ、なおも残念だと思うのは、勘八が他人とはじめて築いたであろう友誼が、ここで終わってしまうことだった。

　亥乃は、横目で勘八の顔をのぞき込む。おだやかなほほえみのなかにも、すこし寂寥の陰が見えるのは、おそらく気のせいではないだろう。

　せつない胸の痛みを、亥乃は覚えていた。

　それでも、あえて笑顔で政助に告げる。

「お疲れさまでした、政助さん。向こうでもお元気で」

「ありがとう、亥乃さん。そしてお世話になりました。比野先生」

「こちらこそ。でも……」

　歯切れ悪く挨拶を返してから、勘八は胸のなかにしまっていたものを吐き出した。

「あのときは、やむをえないとはいえ、紅牛をまた傷つけるようなことをお願いして、申し訳なかったです」

「いいんですよ。おいらも了承したことだし。おかげで、紅は救われたのですから」

「それでも……」と、言葉をつづけられず、勘八はうなだれた。

そうなのだ。勘八の顔色がすぐれないのは、紅牛にした仕打ちのこともあるのだろう。万事を解決するためとはいえ、獣を傷つけてしまったことは、勘八の心をも傷つけた。

だから、亥乃もまた政助に対して深く頭を下げた。

政助もまた頭を下げて「これでよかったのですよ」としずかに言った。深々と頭を下げる三人の影が、日が傾くとともに、しだいに長くなっていった。

政助が、実家のある清水へ帰るとき、見送りに出たのは、亥乃と勘八ふたりだけだった。

湊屋の人たちには昨日のうちに挨拶をすませておいた、とのことだ。

東海道を道なりに上っていく若者と牛の後姿を見つめながら、亥乃は一人と一頭の幸先を願って両手を合わせた。

「行ってしまいましたね」

「はい」

うなずく勘八の顔は、過日とはうってかわって、いまはすがすがしかった。紅牛を自らの手で傷つけてしまった後悔は拭い去ることはできないが、いまは亥乃とおなじく、政助の順風満帆な前途を心から願っているのかもしれない。そして、「これでよかったのだ」と、己にも言い聞かせているのかもしれなかった。

だから亥乃もあえて明るい声で、勘八に尋ねた。

「ねぇ比野さま。ずっと気になっていたんですけど」

「なんでしょう？」

「あのとき……政助さんが、興奮した紅牛ちゃんを止めるために飛び出していったとき、なにかふしぎなことを言っていましたよね。あれはなんですか？」

「あれはね、牛を落ち着かせるためのおまじないです」

「おまじない？」

「はい」と勘八は、照れ臭そうに笑った。

「これも祖父の著書からの受け売りなんですけど。『農役牛取扱』という本がありましてね。そこに、牛に対する声掛けがいくつか書いてあったのを思い出したのです」

「お爺さま、そんな本まで書いてらっしゃったんですね」

「まったくもって、あの人には頭が上がりません」

祖父勘六が著した『農役牛取扱』には、牛に意思を伝える声掛けとして、前進を促すときは「シッ」、回れ右は「セェ」、回れ左は「サシ」、制止をするときは「バァ」などと声を掛けるべしとあったそうだ。勘八はそれを政助に教え、事の解決に役立てた。

「もっとも、生まれたときから紅牛と一緒に過ごしてきた政助どのに発してもらわねば、おまじないも通じなかったでしょうけどね。肝心なのは、おまじないの言葉などよりも、紅牛への深い気持ちなのだと思います」

自嘲ぎみに笑う勘八の筒袖を、亥乃は突然つよく引っ張った。

「さて。紅牛ちゃんの話はこれでおしまい。万事解決、なによりです！」

「いきなりどうしました、亥乃さん？」

「気分を変えましょう、比野さま。美味しいお菓子でも食べに行きませんか。疲れているときは、甘いものが一番ですよ」

いきおいこんだ亥乃に袖を引かれるまま、東海道を高輪方面へ戻っていく。

ふたり並んで歩きながら、勘八はふいにつぶやいた。

「そういえば、亥乃さん」

「なんです？」

「このあいだ差し入れてもらったおはぎ、とても美味しかったです。あのときは堀田さまに半分食べられてしまいましたが、わたしひとりでも食べられたかも。そのくらい美味しかった」

驚いて、目をまん丸くした亥乃は、となりの勘八の顔を見上げた。

勘八は衒いもない穏やかな表情で、ほほえんでいる。

「ほんとうですか？　ならば、また作っていきます」

気恥ずかしさを紛らわすためにも、亥乃はこぶしで胸を叩き、はりきってこたえる。

「一個でお腹がいっぱいになるくらいの、大きくて美味しいおはぎを作りますよ。あぁ、そういえば堀田さまがおっしゃっていましたね。小豆を煮るときに塩を少々入れると味が引き締まると。つぎこそは、その通りにしますから。堀田さまに分けても余るくらい、たくさんたくさん作りますから」

「亥乃さん、ありがとう」

延々とつづく東海道、右手には居並ぶ武家屋敷、左手には青々とした品川浦、江戸の町はいよいよ初秋を迎えようとしていた。

まぶしい日差しに目を細めながら、亥乃は、近いうちにおはぎを山ほどこしらえ、数日前に堀で見つけた小亀を勘八に診せに行かなければ、と胸を躍らせていた。

終章

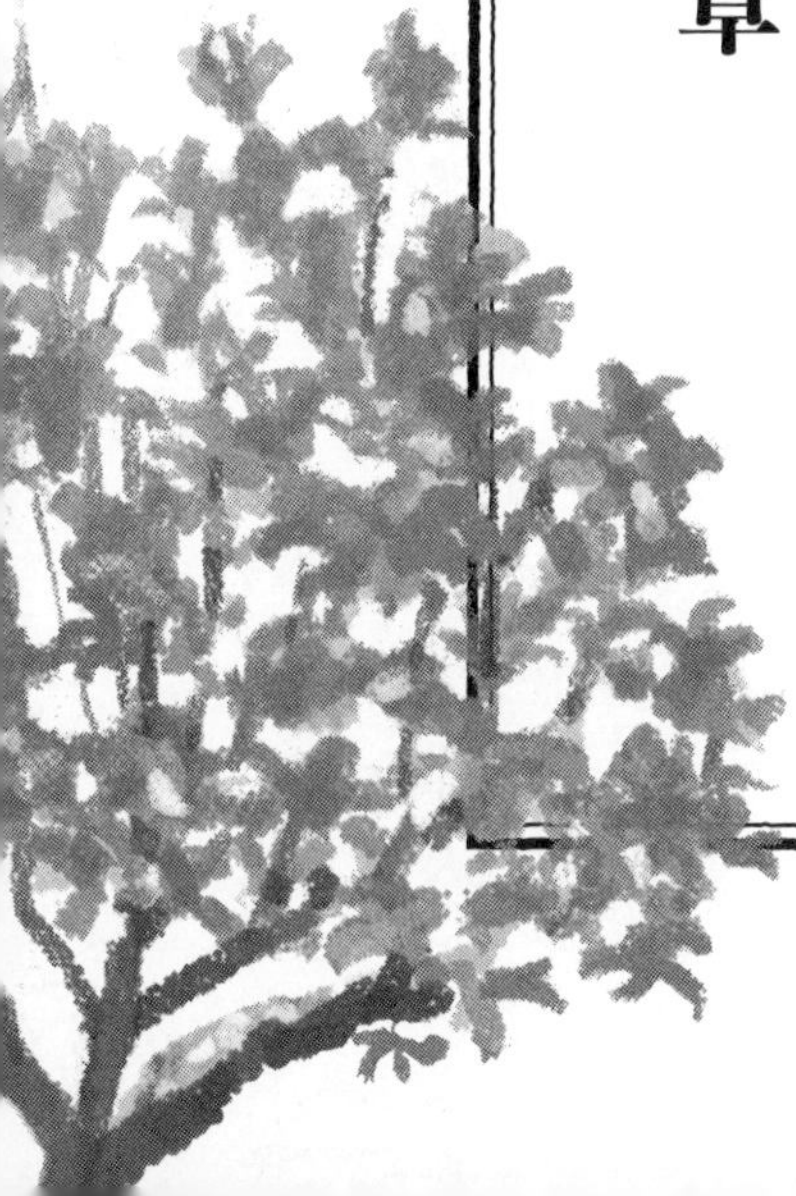

盥に張った水のなかを、緑色の小亀が気持ちよさそうに泳いでいた。

「よく動き、よく食べる。甲羅もつやつやしていて、いたって健やかです。あとは、水をこまめに替えること。ときどき盥の外から出して水のないところを歩かせること。大きくなったら川にはなしてやるのもいいでしょう」

江戸高輪にある薩摩藩下屋敷のなかにある、蓬山園にて。

蓬山園の管理人であり獣医者である勘八は、亥乃が診察に連れてきた小亀に「いたって健やか」の太鼓判を押した。

亥乃は両手をついて頭を下げる。

「ありがとうございます。亀を飼うなんてはじめてだったので、安心しました」

「牛町での回診がやっと終わりましたからね。お待たせして申し訳ありませんでした」

「けっきょく町中の牛をすべて診てまわったのですね」

「はい、五百頭くらいはいましたね。やれやれ肩がこりました」

肩がこったとこぼすわりには、回診をやりとげた勘八は満足げだ。

「獣のことを話すときは、ほんとうに楽しそう」と、亥乃は、ほほえましく思った。

「比野さま」

「なんでしょう」

「回診のお疲れを労うというわけではないのですが、今日は、診察に来るついでに甘味を持ってきました」

「ほんとうですか、ありがたい」

嬉しそうに手を叩く勘八を尻目に、亥乃はすこし緊張しながら、かたわらに置いてあった風呂敷包みを差し出した。包みをほどくと、大皿に盛り付けられたおはぎが姿をあらわす。しかも、見るだけで胸焼けがしてきそうなほど大量だ。

「おはぎです」

「これは美味しそうだ。亥乃さんが作ったのですか？　ありがとうございます」

では、さっそく。と手を伸ばしかけた勘八はふと思いとどまった。

「そうだ、殿と堀田さまも呼んできましょう。せっかくの亥乃さんの力作です、皆さまにも召し上がっていただきたいでしょう」

「えっ、それは、はぁ、まぁ」

亥乃は正直気後れしていた。
勘八が言う殿――つまり下屋敷のあるじ島津重豪はともかく、側用人の堀田研之助は、すこし味にうるさい人だと知っていたからだ。亥乃のおはぎ作りも三度目、初回よりはだいぶマシなできになってきているが、以前にも「小豆に塩が足りない」と言われたところだ。今回も駄目出しがあるのではないかと気が気ではなかった。

亥乃が緊張でかしこまっているところに、勘八に誘われて島津重豪も堀田研之助もあらわれた。

「やぁ亥乃どの」とにこやかに笑いかけてくる重豪の後ろで、研之助の切れ長の目がするどく光った。味にうるさい側用人は、さっそく大皿に盛られた大量のおはぎに目をつけたのだ。

「おはぎ、か」

「は、はい」

問われて、亥乃はおもわず背筋を伸ばす。

「ぜひ皆さまに召し上がっていただこうと思いまして」

「皆さまに、ではない。比野だけに食べてほしかったのであろうが」

「なにかおっしゃいました？　堀田さま」

まるでなにもわかっていない勘八が呑気に問うてくると、研之助はため息をつく。

「言っても無駄だ」とぼやくと、亥乃が小皿にとりわけたおはぎを受け取った。

「お口に合いますかどうか」

亥乃が緊張ぎみに言うと、勘八と重豪と研之助とが、横並びになっておはぎを食べはじめる。全員が無言だ。ゆっくりと時間をかけて一個を平らげると、それぞれが「ふぅ」と息をもらした。

「美味しゅうござったぞ、亥乃どの」

「えぇ美味しかったです」

重豪と勘八がほぼ同時に感想を述べた。問題は、のこる研之助だが。

一同の視線が、懐紙で口元をぬぐう研之助に向けられる。

「堀田さまは、いかがでした？」

「小豆を煮るときに、すこしだけ塩をくわえたようだな」

「先日のご忠告を受けて」

「しかし、あともうひと工夫だ」

言うがはやいか、研之助はすばやく立ち上がった。

「比野、ここの竈《かまど》を借りるぞ」

「は、はい、どうぞ」

診療所には、台所というほどのものではないが竈が設えてある。湯を沸かすための土鍋も。いったん診療所を出てどこかへ走って行った研之助が、小さな麻袋を持って帰ってきた。土鍋のなかに麻袋の中身をぶちまける。

「亥乃どの、小豆の渋抜きはしているのか」

「渋抜き……ですか？」

「小豆を炊く前に、一度湯通しをして渋みを取るのだ。渋抜きをした湯は捨てて、そこからあらためて炊くのだ。そうしておくと味わいが一段違ってくる。あと、これは知っていると思うが、小豆は水に長時間浸け置かないでよいのだからな」

「え、そうなんですか。一刻ほど浸けていました」

「あたりまえだ。だからコシが足りなかったのだな」

論じているあいだにも研之助は手を動かしていた。言う通りに小豆を熱湯で煮て渋抜きをすると、すぐに湯を捨て、あらためて鍋に水を注ぎ火にかける。

「あとは火を弱め、豆が水より上に出ないように、こまめに水を足していけばよい。あまり沸騰させ過ぎないようにな。しばらく煮つづけて豆が指で潰せるくらいになればできあがりだ。あとは湯から上げて、砂糖をくわえて煮詰めていくのだ。最後は前に言った通り、隠し味に塩を少々だな」

研之助の指示通り、亥乃が砂糖をくわえ、ふたたび火にかけた小豆を木べらで練っていく。

診療所のなかにほのかな甘い香りが広がる。

「いい匂いですねぇ」と、勘八は頰をほころばせていた。

嬉しそうな勘八を見ていると、亥乃の手にも力が入るものだ。小豆を煮るのは根気がいるが、勘八のためならば労も苦ではない。

やがて小豆が煮えた。

重豪も勘八も味見をしてみて、「これは美味い」とうなずき合っていた。亥乃も味見をしてみたが、材料は違わないというのに、丁寧に作ることで格段に味の深みが増すことに、心底驚いていた。

「なんて美味しい。深みがある甘みなのに、後味はしつこくない。豆の硬さもやわらか過ぎずちょうどいいです」

「そうだろう、そうだろう」

研之助は満足げだ。

「堀田さまは、ずいぶんと、お料理に詳しくていらっしゃるのですね。これでは、奥さまの出る幕がありません。あ、でも、あたしと違って、堀田さまの奥方さまは、もっともっとお料理が上手でいらっしゃるでしょうね。あたしったら、余計なことを言いました」

奥方の話が出ると、研之助はすこし表情を硬くしたようだが、ほんのわずかだったので、誰もそのことに気づかない。

おはぎを平らげた重豪がのんびりとのたまった。

「おぉ、そういえばそろそろ仲秋の名月だな。兎と亀と甘味があれば月見も盛り上がろう。亥乃どの、今度は飼い兎のお芋も連れてきて、団子でもこしらえて、皆で月見を楽しもうじゃないか」

「よい考えですね！」

ふたたび蓬山園に来る口実を得た亥乃と、また甘味にありつけると知った勘八が、ほぼ同時に返事をした。

重豪は愉快そうに笑い、研之助は神妙にうなずいたのみ。亥乃と勘八は、顔を見合わせてにこやかにほほえんだ。

蓬山園の庭に、甘い香りがただよっていた。

この作品は書き下ろしです。

けものよろず診療お助け録

澤見彰

2020年　2月　5日　第1刷発行
2020年　2月27日　第2刷

発行者　千葉 均
発行所　株式会社ポプラ社
〒一〇二-八五一九　東京都千代田区麹町四-二-六
電　話　〇三-五八七七-八一〇九(営業)
〇三-五八七七-八一一二(編集)
ホームページ　www.poplar.co.jp
フォーマットデザイン　緒方修一
組版・校閲　株式会社鷗来堂
印刷・製本　中央精版印刷株式会社

N.D.C.913/294p/15cm
ISBN978-4-591-16619-2

P8101397